Samt und Seide

Frido Anders

SAMT & SEIDE

Tausendmal berührt

Roman

vgs

Bibliografische Information Der Deutschen Bibliothek
Die Deutsche Bibliothek verzeichnet diese Publikation
in der Deutschen Nationalbibliografie; detaillierte
bibliografische Daten sind im Internet über
http://dnb.ddb.de abrufbar.

Der Roman »Tausendmal berührt« basiert
auf der Fernsehserie »Samt und Seide« nach den Drehbüchern
von Jürgen Werner und Michael Baier
produziert von
NDF mbH für das ZDF

1. Auflage 2004
Egmont vgs verlagsgesellschaft, Köln

Redaktion: Eva Neisser
Produktion: Lisa Hardenbicker
Umschlaggestaltung: Alex Ziegler, Köln
Titelfoto: Laurent Trümper
Satz: Greiner & Reichel, Köln
Druck: Clausen & Bosse, Leck
Printed in Germany
ISBN 3-8025-3339-9

Herzensbrecher

Bei *Althofer* kursierten die wildesten Gerüchte über Lena Czerni und das, was manche, die ihr wenig gewogen waren, als ihren jüngsten »Coup« bezeichneten. Vor allem Pförtner Ewald Kunze war nicht gut auf sie zu sprechen, fühlte er sich doch von der früheren Chefdesignerin hinters Licht geführt. Mehrfach hatte sie ihn dazu gedrängt, die *ACF*-Aktien des Investment-Clubs, die er verwaltete, zu halten. Und dann kam plötzlich die Nachricht: Lena Czerni selbst habe nicht nur ihr eigenes Aktienpaket abgestoßen, sondern auch das ihres Ziehkindes Florian. Auf ihn und seine Anleger wirkte es natürlich so, als habe er nur deshalb nicht verkaufen sollen, damit der Kurs nicht noch weiter fiel, ehe sie ihre Anteile losschlagen und ihr Geld ins Trockene bringen konnte. Angeblich, so wurde gemunkelt, sei sie mit dem Geld im Gepäck an der

Seite des Frankfurter Bankers Max Roemer nach New York geflogen, um im Land der unbegrenzten Möglichkeiten ein neues Leben zu beginnen – zumindest habe sie das vor.

Diejenigen aus der Belegschaft, die Lena besser kannten, allen voran Natalie und Emma, widersprachen diesen falschen Gerüchten heftig. Immer wieder erklärte Natalie, Wilfried Holzknecht, dem Lena eine Vollmacht zur Verwaltung ihrer Anteile ausgestellt hatte, habe den Verkauf eigenmächtig und hinter ihrem Rücken getätigt; doch es wollte ihr niemand glauben. Dies alles seien bloße Schutzbehauptungen, hieß es.

Umso überraschter war Ewald Kunze, als eines Morgens Lenas grauer Smart vor der Schranke anhielt. Seine Mundwinkel sanken nach unten. Was hatte sie hier noch verloren? Nun doch ein wenig verunsichert, wollte er schon an ihr Seitenfenster treten, um ihre Version der Ereignisse zu hören, doch sie hatte keine Zeit für ihn, denn sie war in Eile. »Ich hab einen Termin bei Frau Meyerbeer und bei Dr. Holzknecht«, entschuldigte sie sich und fügte hinzu: »Das alles hätte einfach nicht passieren dürfen.«

Kunze war irritiert. War das Bedauern, das sie zeigte, echt? Wenn nicht, dann war sie zumindest eine ausgezeichnete Schauspielerin. Er brummte ein paar missmutige Worte in sich hinein und ließ die Schranke hochfahren.

Auf halbem Weg zur Villa kam Lena Felix entgegen. Sein Porsche hielt neben dem Smart an, und sie ließen die Fenster herunter. Die beiden waren sich seit langem nicht mehr begegnet, hatten aber umso mehr über einander gehört. Lena hatte für Felix trotz aller Streitigkeiten noch immer viel übrig. Genau wie er für sie. Er zeigte sich überrascht, sie hier anzutreffen, denn das Gerücht von ihrem Umzug nach New York war auch bis zu ihm vorgedrungen.

»Da ist nichts dran«, versicherte Lena rasch. »Wie geht's dir?«

»Ich bin auf dem Weg in die Klinik. Aber ich gehe lieber nicht ins Detail. Es geht um meine unteren Extremitäten.«

Lena kannte ihn gut genug, um zu wissen, dass die ironische Leichtigkeit, mit der er das vorbrachte, nur gespielt sein konnte. Wenn er vor etwas Angst hatte, dann vor Krankenhäusern. Sie wünschte ihm Glück, dann setzten beide ihren Weg fort.

Als Lena die Villa betrat, spürte sie, wie ihr Puls sich beschleunigte. Inge Fabian begrüßte sie und brachte sie in den Konferenzraum, wo Birgit gerade an ihrem Laptop saß. Sie schaute kurz auf, wandte sich aber gleich wieder ihrer Arbeit zu. »Ich bekomme gerade den letzten Stand des Internet-Umsatzes rein«, erklärte sie. »Wieso setzt du dich nicht einfach?«

Lena nahm an dem großen Tisch in der Mitte des Raumes Platz. Es war unverkennbar, dass Birgit ihr die engagierte Geschäftsfrau vorspielen wollte. Zu der Show gehörte natürlich auch der freudige Ausruf »Na also, wer sagt's denn!« bei allem, was der

Laptop ihr anzeigte – aber dieses Verhalten überraschte Lena nicht im Geringsten. Vielleicht überspielte sie damit auch nur eine schlechte Nachricht.

Nun wandte Birgit sich ihrem Gast zu. Ihr Mund lächelte, ihre Augen aber blieben unbewegt und kalt. Sie bemühte sich, locker und überlegen zu wirken, doch die Art, wie sie ihre Finger verschränkte, ließ die Spannung in ihrem Innern erahnen. »Was willst du?«, fragte sie schließlich.

»Etwas richtig stellen«, antwortete Lena, die sich mit jeder Sekunde unwohler fühlte. »Dr. Holzknecht hat meine Aktien verkauft, nicht ich. Ich habe davon selbst erst letzte Woche erfahren.«

Birgit erhob sich. Ihre eben noch kühle Höflichkeit verwandelte sich in offene Feindseligkeit, als sie sagte: »Das soll ich dir glauben? Du unterlässt doch nichts, um die Firma zu schädigen. Alle deine Leute kündigen. Zuletzt Uwe Lieber.«

»Damit habe ich nichts zu tun!«, wehrte sich Lena.

»Hör doch auf!« Birgit war näher getreten und schaute auf ihre Gegnerin herab, als sie ihr vorhielt: »Du hast deine Aktien nur verkauft, um allen zu zeigen, dass es nicht ohne dich geht!«

Es war ein Fehler, hierher zu kommen, dachte Lena, während ihr das Blut in den Kopf stieg. Birgit war für Worte nicht zugänglich. Lena fragte sich wieder einmal, woher dieser Hass rührte. Konnte wirklich nur die Zurückweisung ihres verirrten Liebesverlangens solch eine Lawine des Hasses ausgelöst haben? Liebe und Hass lagen zwar bekanntlich dicht beieinander, dennoch schien ihr das als Erklärung nicht ausreichend. Birgit kam ihr vor wie eine Ertrinkende, die nach Hilfe schrie, und die, statt sich hochziehen zu lassen, jeden, der ihr zu nahe kam, mit in die Tiefe zog.

Lena stand nun ebenfalls auf und sah Birgit schweigend an. Sie hätte gerne noch etwas gesagt, erkannte aber, dass es zwecklos war. Birgit schien es darauf anzulegen, auch ihren Hass herauszufordern. Das aber würde sie nicht schaffen. Lena fühlte nur tiefes Bedauern. Die begeisternde, inspirierende Birgit, die sie einst gekannt, geschätzt und gemocht hatte, gab es nicht mehr, und es war fraglich, ob sie jemals wieder zum Leben erwachen würde. Was sollte sie also noch hier? Traurig wandte Lena sich ab und verließ den Raum.

Ohnmächtig ihrem Zorn ausgeliefert, blieb Birgit zurück. Zu gerne hätte sie Lena alles an den Kopf geworfen, was sie seit langem umtrieb. Doch der Blick, mit dem diese sie angesehen hatte, hatte ihr die Sprache verschlagen. Statt Hass hatte sie Bedauern, ja Mitleid darin gelesen. Offenbar wusste Lena, wie man einen Feind am wirksamsten demütigte.

Birgits Hass kühlte ab. Stattdessen spürte sie, wie Angst in ihr hochkroch. Und mit dieser Angst kam auch diese Stimme wieder. Diese Stimme tief in ihrem Innern. Die Stimme flüsterte: *Du wirst Lena nie erreichen. Und selbst wenn du sie erreichst, wirst du nie so sein wie sie.* Panik ergriff Birgit. Es gab nur eine

Möglichkeit, die Stimme zum Schweigen zu bringen.

Hastig kramte sie eine Tablettenschachtel aus ihrer Handtasche. *Colportin X* stand darauf. Ihr guter Geist. Ihr Retter. Anfangs hatte sie mit herkömmlichen Beruhigungsmitteln versucht, ihre seelische Balance, die unter dem wachsenden Druck zu kippen drohte, zu wahren, aber die hatten sie nur müde gemacht. Im Internet war sie dann auf *Colportin X* gestoßen. Ein Stimmungsaufheller. Doch ihr Arzt hatte ihr dieses Medikament nicht verschreiben wollen, hatte von Suchtgefahr und gravierenden Nebenwirkungen gesprochen. Es dürfe nur in der klinischen Behandlung unter strenger ärztlicher Kontrolle eingesetzt werden, hatte er erklärt, denn eine falsche Dosierung könne auf Dauer verheerende Folgen nach sich ziehen. Im Internet freilich gab es Anbieter, die sich um solche Vorschriften wenig scherten.

Zunächst hatte Birgit, wie im Beipackzettel vorgeschrieben, nur eine Tablette pro Tag eingenommen. Doch schon bald hatte die Wirkung nicht mehr den ganzen Tag lang angehalten, sodass sie die Dosis einfach verdoppelt hatte. Heute allerdings würde sie viel mehr brauchen, denn die Stimme in ihrem Innern war so eindringlich und die sie begleitenden Minderwertigkeitsgefühle so quälend wie nie zuvor. Mit zitternden Fingern drückte sie zwei Tabletten aus der Verpackung und spülte sie mit kaltem Kaffee hinunter.

Schon nach kurzer Zeit wurde die quälende Stimme leiser, dafür kam die gute zurück. *Lena ist auch nur ein Mensch*, sagte die gute Stimme, *wieso solltest du nicht so erfolgreich sein wie sie? Nein, du wirst sogar noch erfolgreicher sein! Dein Erfolg wird Lena für immer vergessen machen.*

Mit neuer Energie rief Birgit Inge Fabian zu sich. »Verbinden Sie mich mit Dr. Holzknecht«, gebot sie herrisch, »und zwar ein bisschen plötzlich!« Der Controller hatte um Rückruf gebeten, weil er etwas an den neuen Quartalsberichten zu mäkeln hatte. Dem würde sie was erzählen.

Wilfried Holzknecht wurde in der Erregung, in die ihn das Telefonat mit Birgit versetzte, manchmal so laut, dass seine Stimme bis ins Vorzimmer drang. Um jedoch auch die Passagen zwischen diesen Ausbrüchen zu verstehen, goss Frau Schäufele sehr ausgiebig und sorgfältig den Ficus neben der Tür, den Marion Stangl ihr zur Pflege hinterlassen hatte und der seit einigen Tagen die Blätter abwarf. Die Sekretärin sog jedes Wort, das an ihr Ohr drang, auf wie die viel zu trockene Blumenerde das Wasser. Für Frau Schäufele – und darin war sie ganz auf einer Linie mit Marion Stangl – bestand ein ungeschriebenes und unausgesprochenes Bürogesetz darin, dass eine Sekretärin nicht alles wissen durfte, aber alles wissen musste. Nur so konnte sie in jeder Situation im Sinne ihres Chefs reagieren.

Als Lena überraschend das Vorzimmer betrat, zuckte Frau Schäufele erschrocken zusammen. Dann begab sie sich hinter ihren Schreibtisch.

»Herr Dr. Holzknecht telefoniert noch mit Frau Meyerbeer«, teilte sie freundlich lächelnd mit, »aber gehen Sie ruhig schon rein.«

Lena öffnete die Tür, wartete aber, bis Wilfried sie zu sich winkte. »Ihnen ist hoffentlich klar«, sagte er unterdessen ins Telefon, »dass das buchhalterische Manipulationen und faule Tricks sind, mit denen Sie den Quartalsbericht an die Gewinnerwartung der Analysten anpassen. Falls dieser Bericht so an die Bank geht, muss ich das Handtuch werfen. Dafür ist mir mein guter Name nämlich zu schade! – Wie Sie meinen, Frau Meyerbeer. Guten Tag!«

Er knallte den Hörer auf die Gabel. Lena hatte inzwischen im Besucherstuhl vor seinem Schreibtisch Platz genommen. Holzknecht schob ihr den Quartalsbericht zu, erhob sich und trat hinter sie. Sie las etwas von achtzehn Prozent Umsatzsteigerung. Kaum zu glauben, bei der derzeitigen Marktlage. »Vier Prozent wären realistisch«, erklärte Holzknecht auf ihre Nachfrage. »So was nennt man kreative Buchhaltung.« Er deutete auf mehrere Stellen im Bericht. »Diese Umsätze wurden einfach nachfakturiert. Und das hier sind Umsätze vom nächsten Quartal. Und die AG-Vorräte sind auch viel zu hoch bewertet.«

Lena verstand nicht viel von diesen Dingen. »Ist das illegal?«, fragte sie.

»Illegal nicht«, entgegnete Wilfried und kehrte wieder an seinen Platz zurück, »aber unseriös. Man hofft, dass die Umsätze im nächsten Quartal wieder anziehen und so das Zahlenspiel nicht weiter auffällt. Aber das ist nicht zu erwarten. Und ich gebe für so was nicht meinen Namen her. Bisher bin ich Ihnen und August zuliebe geblieben. Aber wenn das durchgeht ...« Er ließ die Hände auf den Schreibtisch fallen und schüttelte den Kopf.

Für Lena wäre sein Abgang in vielerlei Hinsicht ein Unglück gewesen. Dabei hatte sie, nachdem er ihr den eigenmächtigen Verkauf ihrer Aktien gestanden hatte, geglaubt, sie könne ihm nie mehr vertrauen. In den ersten Tagen danach hatte sie ihn noch nicht einmal mehr sehen wollen. Doch schon bald war ihr Zorn abgekühlt. Sie hatte ihm die Chance gegeben, ihr in Ruhe seine Motive zu erklären. Seine Argumente hatten sich zwar vernünftig angehört, aber eine Sache hatte sich dennoch schwer ausräumen lassen: Indem er gegen ihren erklärten Willen gehandelt hatte, hatte er ihr Vertrauen missbraucht. Das wollte Wilfried allerdings nicht gelten lassen. »Sie und Florian sehenden Auges in den Ruin laufen zu lassen«, sagte er aus tiefster Überzeugung, »hätte für mich bedeutet, Ihrem Vertrauen nicht gerecht zu werden.« Keineswegs gänzlich befriedigt, hatte Lena diese Erklärung dennoch gelten lassen. Zum einen, weil sie Holzknecht mochte, zum anderen, weil sie selbst nicht die nötigen Sachkenntnisse besaß, um ihr und Florians Vermögen bestmöglich zu verwalten.

Wilfried neigte sich nach vorne, die Verärgerung verschwand aus seinem Gesicht und wich einem geradezu spitzbübischen Lächeln, als er ihr mitteilte, er habe einen Teil des Erlöses aus dem Verkauf der Anteile in Optionen für *ACF*-Aktien investiert. »Wenn der Kurs unter zehn Euro sinkt, steigen wir wieder ein. Dann bekommen Sie für das gleiche Geld einen wesentlich größeren Anteil an der Firma.«

Lena ließ sich von seiner Freude nicht anstecken, sie zog sogar missmutig die Brauen zusammen. »Ich wollte doch nicht spekulieren!«, protestierte sie.

»Das ist keine Spekulation«, erwiderte er rasch, »sondern weise Voraussicht. So verbessern Sie Ihre Ausgangslage, wenn Sie wiederkommen.« Sie wollte etwas sagen, doch er wehrte es mit einer Handbewegung ab und fügte hinzu: »Sie werden wiederkommen. Das ist so sicher wie das Amen in der Kirche.«

Lena schüttelte ungläubig den Kopf. Wieso nur glaubte niemand an die Endgültigkeit ihres Entschlusses? Sie liebte ihr jetziges Leben und sehnte sich nicht im mindesten nach *Althofer* zurück. Außerdem teilte sie die Ansicht vieler in der Firma nicht, der Erfolgskurs des Unternehmens hätte sich bruchlos fortgesetzt, wenn sie nur geblieben wäre. Die Marktlage hatte sich verändert, der Konsum war eingebrochen und dagegen wäre auch sie machtlos gewesen. Gemessen daran schlugen Roland und Birgit sich gar nicht so schlecht. Ihr Fehler war nur, dass sie zu viel auf einmal wollten und zu hohe Erwartungen bei den Anlegern weckten.

»Wie auch immer«, schloss sie, »ich muss Sie bitten, das Geld wieder in *Althofer* zu investieren –

und zwar gleich! Andernfalls muss ich Ihnen die Vollmacht entziehen und mir jemand anderen suchen, der meine Finanzen verwaltet. Also, abgemacht?« Sie streckte ihm die Hand über den Schreibtisch hinweg entgegen. Wilfried seufzte. Er hielt das für nicht besonders vernünftig. Dennoch schlug er schließlich ein.

Lena erhob sich. Zum Abschied lud sie ihn zu sich ein. »Kommen Sie, wann Sie wollen«, sagte sie, »ich bin eigentlich immer zu Hause.« Das nahm Wilfried gerne an.

Im Vorzimmer trat Frau Schäufele Lena in den Weg. Sie warf zuerst einen Seitenblick in Richtung der Tür ihres Chefs, um sicherzugehen, dass sie auch bestimmt geschlossen war, dann sagte sie mit gedämpfter Stimme: »Ich hab zufällig mitangehört, was Sie und Herr Dr. Holzknecht gesprochen haben. Stimmt es, dass er wegen dieses Quartalsberichts gehen wird?«

»Schon möglich«, entgegnete Lena, der die Vertraulichkeit der Sekretärin unangenehm war. »Es wäre sicher ein großer Verlust für die Firma. Aber wenn er gehen will, kann ihn niemand aufhalten.«

»Doch! Sie können das!«

Lena zog erstaunt die Brauen hoch. Frau Schäufele kramte ein paar Blätter aus einer Schublade ihres Schreibtisches. »Das hat Frau Stangl vermutlich aus dem Papierkorb von Herrn Holzknecht geholt und aufgehoben«, sagte sie und reichte Lena die Fundstücke. Es handelte sich um mehrere Frauenporträts, die Wilfried auf der Rückseite alter Rundschreiben angefertigt hatte. Die Ähnlichkeit mit Lena war unverkennbar. So, wie es aussah, schlummerte ein Künstler in ihm. Und nicht nur das. »Er ist in Sie verliebt, Frau Czerni«, raunte Frau Schäufele.

Lena lachte verlegen und tat so, als hielte sie das für abwegig; dabei wusste sie längst um Wilfrieds Gefühle für sie. Um weiteren Indiskretionen Frau Schäufeles vorzubeugen, verabschiedete sie sich rasch und verließ das Vorzimmer.

Benommen wankte Felix auf die Ausgangstüren der Klinik zu. Ihm war, als bewege er sich in einer Blase, die ihn vom Rest der Welt abtrennte. Die Geräusche drangen dumpf und wie von ganz weit her an sein Ohr. Benommen hörte er ein Lachen. Es war ein Echo aus einem Leben, dem er nicht mehr angehörte. Alles war anders. Mit einem Mal. Ein paar Worte hatten genügt, seine Welt zum Einsturz zu bringen. Und jetzt stand er da. Mit nichts.

Die automatischen Türen fuhren auseinander. Ein ausgelassenes junges Paar kam ihm entgegen. Er rempelte die Frau an. »He!«, empörte sie sich. Felix wollte sich entschuldigen. Aber kein Wort fand den Weg über seine Lippen. Und dann war sie schon weitergegangen. Er wunderte sich, dass er die Frau überhaupt berührt hatte und nicht wie ein Geist durch sie hindurchgelaufen war. Denn genauso fühlte er sich: wie ein Geist.

Warum ich?, ging es ihm immer wieder durch den Kopf. Und: Krebs. Felix Althofer hat Krebs.

Blasenkrebs. Die Niere ist auch schon befallen. Operieren. Wir müssen so bald wie möglich operieren, hatte Silke gesagt. Silke. Rolands Ex-Frau. Die ehemalige Striptease-Tänzerin. Alle hatten sie für ein Flittchen gehalten. Er selbst eingeschlossen. Aber sie hatte die Menschlichkeit besessen, ihn in den Arm zu nehmen. Seine Tränen waren auf ihren Arztkittel getropft.

»Du bist jung, Felix«, hörte er sie sagen. »Deine Chancen stehen gut, das zu überstehen. Aber …«

Aber …

Felix, der Frauenschwarm. Der Herzensbrecher. Das war vorbei. Denn da war dieses Aber. Er würde nach dem Eingriff nur noch ein halber Mann sein. Ein halber Mann? Ach was! Es gab keine halben Männer, sondern nur ganze oder eben gar keine. Er würde also kein Mann mehr sein. Einen Moment lang dachte er, es sei vielleicht besser, wenn er bei der Operation stürbe. Oder wenn er sich gleich das Leben nähme. Aber, verdammt, er wollte leben!

Felix wischte die Tränen ab und stieg ins Auto. Dinge, die bisher so selbstverständlich gewesen waren, dass er sie nie wahrgenommen hatte, fielen ihm plötzlich auf. Wie sein Körper im Sitz lag. Wie weich das Leder war. Wie hart dagegen der Kunststoff des Armaturenbretts. Er brauchte eine Minute, bis er den Schlüssel im Zündschloss hatte, so sehr zitterten seine Hände noch immer. Es dauerte wieder eine Minute, bis er die Kraft hatte, ihn umzudrehen. Der Motor heulte auf.

Inge. Der Name war plötzlich da. Inge liebte ihn. Sie würde für ihn da sein. Und er brauchte jetzt jemanden.

Hastig stieß er rückwärts aus der Parkbucht. Dann schoss sein Porsche auch schon die Straße hinab.

Als Felix sich der Pforte näherte, hupte er wie wild. Er musste dringend zu Inge und dieser Ewald Kunze nahm sich alle Zeit der Welt, um diese bescheuerte Schranke hochzufahren. Er schaute zu ihm herüber. Wieso sah er ihn so an? Konnte man es etwa in seinem Gesicht lesen?

Felix wollte sich ein Lächeln abringen. Es misslang. Kaum hatte sich die Schranke hoch genug gehoben, raste er auch schon durch. Jemand tauchte vor ihm auf, sprang zur Seite. Im Rückspiegel sah Felix Roland die Faust schwingen. »Wohl verrückt geworden!« Wo war der so plötzlich hergekommen? Egal.

Felix brachte den Wagen mit einer Vollbremsung im Kies vor der Villa zum Stehen. Ein Satz nur und er hatte die wenigen Stufen zum Eingang überwunden. Rasch setzte er seinen Weg nach oben fort, mit jedem Schritt zwei Stufen überspringend.

Inge saß hinter ihrem Schreibtisch. Sie merkte gleich, dass etwas mit ihm nicht stimmte. Das Haar hing ihm wirr in die Stirn, sein Gesicht war blass, die Züge versteinert, wie gemeißelt. In seinen Augen spiegelten sich Verzweiflung und Angst. Er nahm sie bei der Hand, wollte sie mit sich ziehen.

»Ich brauch dich jetzt«, sagte er. »Komm!« Doch sie wollte nicht und wehrte sich. »Was ist denn mit dir?«

Er fasste sie an den Schultern, sah sie eindringlich an. »Ich hab Krebs, Inge.«

»Krebs?« Es war nur ein Flüstern. Ihre Augen waren groß und dunkel. Vor Schreck blieb ihr der Mund offen stehen.

»Die Blase. Eine Niere auch. Und wenn ich Pech hab, ist der Rest auch hinüber. Ich werde nie wieder mit einer Frau ...«

Die Worte kamen in Stößen. Die Versteinerung seines Körpers setzte sich fort, sie erfasste seine Brust, der Atem ging flacher und flacher. Er musste weg hier, wenn er nicht ersticken wollte.

Mit Gewalt zog er Inge mit sich. Doch sie wehrte sich erneut. »Ich kann nicht«, rief sie aus. »Birgit ist den ganzen Tag schon mies drauf.« Da erkannte Felix die Angst in ihren Augen. Ja, sie hatte Angst. Vor dem Krebs. Vor ihm: ihrem Felix.

Das Telefon klingelte. Inge wollte sich von ihm lösen, um abzunehmen, doch er hielt sie zurück. »Ich brauch dich, Inge!«, flehte er sie an. »Wenn jetzt niemand bei mir ist, dann ...«

»Reiß dich zusammen!«, herrschte Inge ihn an. Sie musste alle ihre Kraft zusammennehmen, um entschlossen zu wirken. »Ich kann jetzt nicht weg hier. Ich muss die Quartalsberichte rausschicken. Fahr nach Hause. Ich komme nach, sobald ich kann.«

Das Telefon verstummte.

Und auch Felix gab auf. Er erkannte, dass es vorbei war. Inge war nicht mehr seine Freundin. Sie war die Freundin des anderen Felix. Des Frauenschwarms. Des Sonnyboys. Diesen anderen Felix gab es aber nicht mehr. Und mit dem Felix, der er jetzt war, wollte sie nichts zu tun haben. Er konnte es ihr nicht einmal verübeln. Mit diesem Felix hätte er am liebsten auch nichts zu tun gehabt.

Er ließ sie los. Ohne ein weiteres Wort stürmte er die Treppe hinunter und ließ die Haustür zuknallen.

Am ganzen Körper zitternd, blieb Inge zurück. Felix verlangte zu viel von ihr. Sie war keine Frau für die schlechten Tage, sondern nur für die guten. Für das Glück. Für den Spaß. Er konnte nicht erwarten, dass sie den Rest ihres Lebens an der Seite eines Mannes verbrachte, der ... kein Mann mehr war. Nein, das war zu viel!

Das Telefon klingelte erneut. Inge nahm ab. »Wo stecken Sie denn?«, bellte Birgit sie an. »Ich hab's eben schon mal versucht.« Sie befand sich bei Kruse im Atelier, um sich seine neuesten Entwürfe anzusehen.

»Da war ich wohl ... in der Küche.«

»Dann stellen Sie das Telefon um! Diese Leitung muss immer besetzt sein!«

Inge sank in sich zusammen. »Ja ...«

»Haben Sie die Quartalsberichte schon rausgeschickt?«

»Noch nicht.«

»Dann tun Sie das als Erstes. Und zwar per Kurier!

Wenn man sich nicht um alles selber kümmert. Sonst noch was?«

»Nein. Ja. Könnte ich ausnahmsweise heute früher gehen? Felix –«

»Ausgeschlossen!«, fiel ihr Birgit ins Wort. »Es ist noch so viel zu tun. Und mit der Post sind wir auch noch nicht durch.«

Inge kam nicht dazu, noch etwas zu sagen, denn Birgit hatte schon aufgelegt. Je mehr der erste Schock sich legte, desto deutlicher meldete sich ihr schlechtes Gewissen. Sie wusste, dass sie Felix in dieser schweren Stunde nicht hätte alleine lassen dürfen. Er hatte sie gebraucht. Doch sie hatte ihn zurückgewiesen. Gab es etwas Erbärmlicheres? Dennoch fand sie auch jetzt nicht den Mut und die Kraft, das Richtige zu tun, sondern ging stattdessen daran, die Quartalsberichte für den Versand fertig zu machen.

Überrascht blieb Wilhelm auf halbem Weg zur Haustür stehen. Lag da wirklich Felix bei ihm im Garten und schaute in den Himmel? Nicht etwa auf einer Liege, sondern mitten im Gras, zwischen Gänseblümchen und Löwenzahn, Zitronenfaltern und Hummeln? Er trat zu ihm und schaute auf ihn herab. »Was machst du denn hier?«, fragte er.

»Leg dich zu mir«, entgegnete Felix nur.

Zögernd kam Wilhelm der Aufforderung nach und legte sich neben seinen Sohn ins Gras. Irgendetwas stimmte nicht mit ihm.

»Das war früher mein Lieblingsspiel«, sagte Felix,

der weiter unablässig in den Himmel geschaut hatte. »Ich hab die Wolken so lange angestarrt, bis sie verschwanden. Erst gab es ein Loch in der Mitte und dann verschwanden sie nach und nach.«

Wilhelm lachte auf. »Das geht doch gar nicht.« Als Kind hatte Felix sich eine Menge verrückter Dinge ausgedacht. Ganze Tage hatte er auf diese Weise verträumt.

»Es geht, glaub mir!«, beharrte Felix. »Versuch es einfach.«

Wilhelm legte nun auch den Kopf ins Gras und schaute in den Himmel. Doch er blieb nicht lange so, stützte sich wieder auf und sah seinen Sohn an. »Hast du getrunken?«

»Nur das Kräutergesöff, das Leo Waitz verkauft«, gab dieser zurück.

Wilhelm ließ sich wieder ganz ins Gras sinken, betrachtete eine Wolke. Je länger er sie ansah, desto mehr löste sie sich auf. Löcher entstanden in ihrem weißen Leib, die Ränder fransten aus, verloren sich. Bald hatte die Wolke sich ganz zerteilt, manche der Teile bildeten neue kleinere Wolken, andere gesellten sich zu vorbeiziehenden Wolken.

»Ich hab Krebs, Vater.«

Wilhelm war sich im ersten Moment nicht sicher, ob Felix das wirklich gesagt hatte. Aber natürlich hatte er es gesagt. Von wem sollte es sonst gekommen sein? Er setzte sich auf und sah seinen Sohn an. Schweigend. Fassungslos. Schockiert.

»Blasenkrebs«, fuhr Felix fort, den Blick weiter in den Himmel gerichtet. Sein Ton wurde immer sarkastischer. »Da hat der liebe Gott sich für Sonnyboy Felix genau das Richtige einfallen lassen. Wenn ich Pech habe, muss ich den Rest meines Lebens mit einem Plastikbeutel in der Hose rumlaufen.«

Wilhelm fasste ihn am Arm. Noch immer wusste er nicht, was er sagen sollte. Er fühlte sich so hilflos.

»Und weißt du, was das Schlimmste ist?« Jetzt wandte Felix die Augen seinem Vater zu. »Ich bin zwar der ungekrönte König aller Messen und Partys, aber ich hab keine Freunde. Ich saß vorhin in meinem Auto und hatte keine Ahnung, wohin ich gehen sollte.«

»Aber du hast doch Inge.«

Felix lachte bitter auf. »Sie hat mich weggeschickt. Ein Typ mit Krebs – das passt nicht zu ihr. Das macht ja keinen Spaß.«

Er ließ den Kopf wieder ins Gras sinken und schaute in die Wolken. Doch nicht von dort oben kam die Erkenntnis, die er nun aussprach, sondern aus der Tiefe seines Herzens: »Die einzige Frau, die mich je geliebt hat, war Natalie. Aber die hat inzwischen ihren Uwe. Ich hab so viel Mist gebaut mit ihr. Wenn sie erfährt, was mit mir los ist, wird sie wahrscheinlich denken: Das geschieht dem Arsch recht!«

Nun setzte auch er sich auf und sah seinen Vater eine Weile schweigend an, ehe er mit brüchiger Stimme fortfuhr: »Der einzige Mensch in meinem Leben, der mir geblieben ist, bist nun einmal du, Vater.«

Lange hatte Wilhelm die Tränen zurückgehalten, denn er wollte für Felix stark sein, doch nun vermochte er es nicht länger. Er legte seinen Arm um ihn, zog ihn an sich, Stirn an Stirn saßen sie da. »Nicht ich, Felix«, sagte er, »du bist der einzige Mensch, der dir helfen kann. Ich weiß doch nicht einmal, wie ich dich trösten soll.«

»Es reicht völlig, wenn du da bist.«

Wilhelm zog seinen Sohn ganz in seine Arme, es war wie eine Erlösung für sie beide, endlich konnten sie ihren Tränen freien Lauf lassen.

Holzknecht gegenüber hatte Roland den Quartalsbericht, den Birgit zusammen mit Prokurist Kussmaul angefertigt hatte, zwar verteidigt, doch eigentlich wusste er sehr wohl um die möglichen Konsequenzen dieses nach allen Regeln der Kunst geschönten Dokuments. Als Holzknecht für den Fall, dass es veröffentlicht würde, mit Kündigung drohte, war Roland laut geworden: »Dann gehen Sie eben! Erpressen lasse ich mich von Ihnen jedenfalls nicht.« Der Controller hatte offen gelassen, was er am Ende tun würde, doch da die Drohung einmal ausgesprochen war, konnte er nur noch schlecht zurück.

Eine Kündigung Holzknechts wäre Roland nicht ungelegen gekommen, denn eine weitere Zusammenarbeit war aufgrund des vergifteten Klimas ohnehin unmöglich. Wenn Holzknecht von sich aus gehen würde, wäre die Firma um die andernfalls fällige üppige Abfindung herumgekommen. Dennoch, der Quartalsbericht durfte in dieser Form nicht aus der Hand gegeben werden, sonst ließ das dicke Ende nicht mehr lange auf sich warten. Nach seinem Termin bei Holzknecht holte Roland Birgit in Kruses Atelier ab. Als sie auf dem Hof und damit sicher vor allzu neugierigen Ohren waren, erzählte er ihr, wie das Gespräch gelaufen war. »Er wird natürlich zu deinem Vater laufen«, schloss er. »Spätestens dann wirst du August reinen Wein einschenken müssen.«

»Mein Vater hat auch dauernd die Gewinne frisiert, wie er es gerade brauchte«, rechtfertigte sie sich.

»Dein Vater war keine Aktiengesellschaft.«

Sie hatten die Villa erreicht und traten, noch immer in ein lebhaftes Gespräch vertieft, ein.

»Holzknecht ist unser Controller«, sagte Birgit. »Er ist zuständig für die Finanzen und muss das auf seine Kappe nehmen, ob er will oder nicht.« Sie kam sich dabei besonders pfiffig vor.

»Holzknecht wird am Monatsende nicht mehr da sein«, erklärte Roland.

Birgit blieb auf der Treppe stehen und sah ihn an. »Das hat er gesagt?« Sie mochte es nicht glauben. Sie wusste nicht, ob sie sich darüber freuen sollte, denn wenn Dr. Holzknecht kündigte, würde ihr Vater erst recht auf den Plan treten.

»Wenn wir die Quartalsberichte rausgeben, kündigt er.« Die beiden gingen weiter. »Ehrlich gesagt: Ich hab kein gutes Gefühl bei der Sache. Irgendwie hat Dr. Holzknecht ja Recht. Ich würde lieber noch einmal drüber schlafen, ehe wir die Berichte in dieser Form rausgeben.«

Inge hatte in ihrem Büro das Gespräch der beiden verfolgt. Nun trat sie in den Flur. »Die Berichte sind schon abgeschickt«, teilte sie mit, »per Kurier, wie Frau Meyerbeer es verlangt hat.«

Roland seufzte, sah Birgit vorwurfsvoll an und wandte sich ab. »Herrgott noch mal!«, entfuhr es ihm entnervt. Birgit eilte ihm nach. Sie spürte wieder dieses merkwürdige Gefühl in sich, glaubte wieder eine der Stimmen zu hören. Diese flüsterte ihr zu: *Du kannst es nicht.* Aber es gelang ihr, sie für diesen Moment zum Schweigen zu bringen.

»Frau Meyerbeer«, fragte Inge da in ihrem Rücken, »dürfte ich jetzt gehen? Ich muss mich um Felix kümmern. Er hat heute sein Untersuchungsergebnis gekriegt und ...«

Birgit drehte sich zu ihr um. Roland, der schon halb im Konferenzraum verschwunden war, trat in die Tür und sah Inge, Schlimmes ahnend, an.

»Es ist keine Entzündung«, teilte sie mit. »Es ist Krebs.«

Das Wort traf die beiden wie ein Schlag gegen die Brust. »Krebs?«, wiederholte Birgit stimmlos.

»Blasenkrebs. Eine Niere ist auch schon kaputt.«

»Warum haben Sie denn nichts gesagt?«

»Wollte ich ja, aber Sie ...«

Birgit senkte beschämt den Blick. Es sah so aus, als würde sie wirklich alles falsch machen. *Du machst alles falsch,* bekräftigte die Stimme in ihrem Kopf. Birgit wollte die Augen schließen, riss sie aber gleich wieder auf. Die Schwärze hinter ihren Augen war ihr wie ein dunkler Abgrund erschienen und sie fürchtete, darin zu versinken.

Benommen trat Roland auf Inge zu. Vor noch gar nicht langer Zeit hatte er seine Schwester Cornelia verloren. Sollte ihm nun auch noch der Bruder genommen werden? Sie waren sich zwar nicht immer grün gewesen. Doch unter allen Spannungen und Verschiedenheiten hatte ein unzertrennliches Band brüderlicher Liebe sie verbunden.

»Wo ist er jetzt?«, fragte Roland.

»Ich hab ihn nach Hause geschickt, bis …«

Inge las den Vorwurf in den Blicken der beiden. Sie schämte sich, atmete aber auf, als niemand ihn offen aussprach. »Komm mit«, forderte Roland sie auf. Schon war er auf der Treppe. Inge holte noch schnell ihre Handtasche und folgte. Einen Moment lang schob sie ihre Ängste beiseite, ihre bessere Seite kam zum Vorschein. Sie wollte Felix nicht im Stich lassen. Und wenn Roland bei ihr war, würde sie sich sicherer fühlen.

Bedächtig einen Fuß vor den anderen setzend, ging Birgit in das Konferenzzimmer. Felix' Erkrankung ließ alles, was eben noch wichtig gewesen war, bedeutungslos erscheinen. Hatte sie sich da nicht in etwas verrannt? Die dunkle Stimme in ihr sagte: *Es ist alles umsonst. Was immer du tust ist vergebens. Du kannst es nicht. Lena ist besser.*

Birgit nahm eine Tablette. Anders würde sie die Stimme nicht zum Schweigen bringen. Wieso nur war sie plötzlich so müde? Arme und Beine waren so schwer, das Gehirn zu träge, um auch nur einen klaren Gedanken fassen zu können. Sie wollte nur noch schlafen. Weg aus dieser Welt. Weg vom Abgrund. Weg von den Stimmen. Nur Sekunden, nachdem sie sich auf die lederne Besuchercouch gelegt hatte, sank sie auch schon in einen bleiernen Schlaf, der freilich keine Erholung bringen würde.

Irgendwann hörte sie ein Hämmern. Jemand rief ihren Namen. War das noch ein Traum oder schon die Realität? Die Grenzen verschwammen. Schließlich schlug sie die Augen auf, wandte den Kopf. Wie viel Zeit war vergangen? Minuten? Stunden? Ihr Vater stand mitten im Raum. Mühsam richtete sie sich auf.

»Wo ist dieser Quartalsbericht?«, fuhr er sie an. Seine kleinen Augen blitzten vor Zorn.

Birgit erinnerte sich. Der Quartalsbericht. Dr. Holzknecht. Ihr Vater hätte sie nicht schlafend finden dürfen. Aber kam es jetzt noch darauf an? Sie erhob sich und ging an ihm vorbei zum Konferenztisch.

»Sag mal, bist du noch zu retten!«, stieß August aus. »Geschönte Bilanzen! Frisierte Umsätze und Vorratsbewertungen!«

Birgit hatte sich wieder einigermaßen im Griff. Die Tablette wirkte. »Das ist Herrn Holzknechts Sicht der Dinge«, gab sie mit spitzer Stimme zurück.

Meyerbeer sah die Tablettenschachtel auf dem Couchtisch. Er nahm sie in die Hand: »*Colportin X*.«

Er schaute seine Tochter eindringlich an. »Nimmst du etwa das Zeug?«

Schon wieder eine Nachlässigkeit. Er hätte das nicht sehen dürfen. Niemand sollte das sehen. Hilfsmittel zu brauchen, war ein Zeichen der Schwäche. Sie aber musste stark sein. Oder wenigstens so erscheinen.

Mit großen Schritten kam sie auf ihn zu und nahm ihm die Schachtel aus der Hand. »Das ist nur gegen den Stress«, erklärte sie, ohne ihn anzusehen. »Ich vertrag eben nicht so viel Alkohol wie du.«

»Das glaubst du doch selber nicht!«

»Mach jetzt bloß keine große Sache daraus.« Birgit hielt inne. Sie wusste: Wenn sie ihm widersprach, würde das seine Front nur weiter verhärten. Sie musste ihn mit Liebenswürdigkeit entwaffnen. »Ich nehme das nur ab und zu, an Tagen wie diesem, an denen alles schief läuft«, erklärte sie ungleich sanfter. »Am Morgen fing es schon damit an, dass Lena hier war. Außerdem stehen wir ab nächster Woche ohne Computer-Spezialisten da. Dann der ständige Ärger mit Dr. Holzknecht. Und schließlich erfahr ich von Frau Fabian auch noch, dass Felix Krebs hat.«

Diese Nachricht traf August. Er vergaß darüber sogar Tabletten, Quartalsbericht und was ihm sonst noch gegen den Strich ging. Er senkte den Blick, hielt sich an der Kante des Konferenztisches fest und sagte tonlos: »Armer Felix … Armer Wilhelm …«

Birgit glaubte, ihr Vater sei durch diesen Schock vielleicht in eine mildere Stimmung gekommen. Sie reichte ihm deshalb bereitwillig einen der Quartalsberichte, die auf dem Tisch lagen. »Wir tun nur, was alle tun«, rechtfertigte sie sich, während er zu blättern begann. »Umsätze sind schließlich Umsätze, auch wenn sie erst im nächsten Quartal realisiert werden. Das hab ich von dir gelernt.«

Meyerbeer schaute überrascht auf. »Von mir?«

»Du hast doch auch fünfe gerade sein lassen, um den Gewinn zu drücken und so Steuern zu sparen. Ich mach genau das Gleiche, nur eben anders herum.«

»Das kannst du doch gar nicht vergleichen.«

»Der Bericht ist jedenfalls schon raus, du kannst also gar nichts mehr machen. Der Kurs wird anziehen, die Sperrung des Kredites, den wir so dringend brauchen, wird aufgehoben, und wir können wieder in Werbung und Personal investieren.«

Abschätzig ließ August den Hefter auf den Tisch segeln. Was war nur mit Birgit passiert? Er erkannte sie kaum wieder. Doch nicht ihr durfte er Vorwürfe machen, sondern sich selbst.

»Ich wünschte, ich wäre stark genug gewesen, dir wenigstens einmal etwas abzuschlagen«, sagte er mit müder Stimme, um nach einem Seufzer mit wachsender Heftigkeit fortzufahren: »Ich hätte dir verbieten sollen, diesen Laden zu übernehmen! Du wirst uns noch alle ruinieren! Lena Czerni hat es wieder einmal richtig gemacht. Sie hat rechtzeitig verkauft. Und ich werde Hedda raten, dasselbe zu tun.«

Birgit verstand im ersten Moment nicht. Was hatte Hedda damit zu schaffen? Ihr Vater hatte sich von ihr abgewandt und ein paar Schritte in den Raum gemacht. Sie folgte ihm. »Hedda hat Anteile?«, fragte sie nun ungläubig. »Seit wann?«

»Na, sie hat die Hälfte von meinen«, fuhr er auf. »Hedda ist meine Frau! Wir haben geheiratet, und ich will sie versorgt wissen! Ich kann nämlich jeden Augenblick umkippen, und im Moment fühle ich mich wirklich danach.«

Er stützte sich auf eine Stuhllehne. Die Heftigkeit, mit der er gesprochen hatte, entsprang auch seinem schlechten Gewissen. Natürlich hätte er Birgit längst über seine Heirat informieren müssen. Nun wagte er kaum, sie anzusehen.

»Und das erfahre ich so ganz nebenbei«, warf Birgit ihm tief getroffen vor. »Ich bin ja nur deine Tochter!«

»Tut mir Leid«, versetzte er bitter. »Aus dem dicken Erbe nach meinem Ableben wird wohl nichts.«

Tränen traten in Birgits Augen. »Das ist nicht fair.« Sie konnte es noch immer nicht fassen. Hatte sich denn alle Welt gegen sie verschworen? »Ich würde es schaffen, aber hier gibt mir keiner eine Chance!«, klagte sie mit wachsender Verzweiflung. »Nicht mal du. Du heiratest hinter meinem Rücken und willst deiner Frau raten, elf Prozent der Aktien auf den Markt zu werfen. Und das, nachdem schon *Rousseau* und Lena verkauft haben. Trotzdem hab ich den Kurssturz aufgefangen und wir sind sogar bald wieder im grünen Bereich. Was soll ich denn noch tun?«

Selten hatte August seine Tochter so verletzt gesehen. Sie hatte Recht: Es war nicht fair. Aber wer im Geschäftsleben Fairness erwartete, der hatte schon verloren. Und nicht selten galt das auch in anderen Bereichen des menschlichen Zusammenlebens.

Voller Mitgefühl nahm er Birgit in den Arm und hielt sie so fest, wie er es schon lange nicht mehr getan hatte und vielleicht öfter hätte tun sollen. »Im Leben lässt sich nichts erzwingen, mein Kind«, sagte er mit weicher Stimme. »Alles muss wachsen. Ein Unternehmen ist wie ein Baum. Es braucht kräftige Wurzeln, um alle Stürme zu überstehen, und viele Blätter, die es versorgen, damit es wachsen und gedeihen kann. Du aber hast alle Mitarbeiter vergrault. Es tut mir Leid, dir das sagen zu müssen, aber es ist so. Und ich wünschte, es wäre anders.«

Er löste sich von Birgit, sah sie väterlich und ohne jeden Groll an. Birgits Augen waren gerötet und tränennass, Strähnen ihres braunen Haares hatten sich aus der Frisur gelöst und hingen ihr über das Gesicht.

»Geld kann Engagement nie ersetzen«, fuhr August fort. »Es ist nur Mittel zum Zweck. Der Saft im Baumstamm, in dem die Nährstoffe fließen.«

Birgit wandte ihre Augen ab. »Aber Lena«, sagte sie bitter, »die kann das alles natürlich.«

»Nicht alles. Aber Geld war für sie nie ein Ziel an

sich. Und für Wilfried gilt das Gleiche. Ich hab ihm vorhin das Doppelte geboten, wenn er bleibt. Er hat dankend abgelehnt.« Er atmete schwer. »Wie es aussieht, wird es jetzt ernst. Und das heißt, dass ich selbst wieder ranmuss.«

Er ging zur Tür. Birgit blieb wie versteinert zurück. Sie fühlte, wie ihre Kräfte sie verließen. Um nicht zusammenzubrechen, musste sie sich an einem Stuhl festhalten. Das Schlimmste war geschehen: Sie hatte das Vertrauen ihres Vater verloren. Aber hatte sie es denn jemals besessen? Hatten nicht alle ihre Bemühungen zeitlebens nur diesem einen Ziel gedient: das Vertrauen ihres Vaters zu erringen? Vergebens, wie sich nun zeigte.

»Papa«, seufzte sie Hilfe suchend. Einen Moment lang war sie wieder das kleine Mädchen, das sich immer nach seiner Liebe gesehnt, doch nur wohlgemeinte Ermahnungen erhalten hatte. Sie war nun einmal nicht der Sohn gewesen, den er sich gewünscht hatte, und was immer sie tat, es würde stets zu wenig sein, denn diesen Wunsch konnte sie ihm nicht erfüllen.

August drehte sich in der Tür um, er lächelte versöhnlich und ermutigend zugleich, doch dahinter verbarg sich seine Hilflosigkeit und das Gefühl, an diesem Debakel die meiste Schuld zu tragen.

Birgit lauschte seinen Schritten auf der Treppe. Noch nie hatte sie sich so allein gefühlt. *Du kannst es nicht,* sagte die Stimme in ihr. *Du hast versagt. Völlig versagt.* Plötzlich glaubte sie die Stimme zu erkennen. Es war die Stimme ihres Vaters.

Mit einer hastigen Bewegung fuhr Birgit herum und stürzte zur Couch, wo noch immer die Tabletten lagen. Sie drückte zwei heraus und schluckte sie hastig hinunter. Dann legte sie sich hin. Sie wollte schlafen, nur noch schlafen. Doch das Klingeln des Telefons hinderte sie daran. Birgit stieß einen Unmutslaut aus. Sie wollte jetzt von der Welt nichts wissen, nichts von all den Problemen mit Quartalsberichten und Lieferschwierigkeiten.

Der Anrufbeantworter sprang an. »Ich bin's – Roland«, hörte sie nach der kurzen Ansage. »Nimm bitte ab, Birgit! Ich weiß, dass du da bist.«

Roland. Der einzige Mensch, der sie wirklich liebte. Birgit erhob sich und nahm den Telefonhörer. »Vater war hier«, sagte sie so gefasst wie möglich. »Gibt's was Neues von Felix?«

»Wir sind in seiner Wohnung, aber er ist noch nicht aufgetaucht.«

»Kannst du kommen? Ich brauch dich jetzt. Inge kann ja bleiben und anrufen, wenn er nach Hause kommt.«

Roland hörte, dass etwas nicht stimmte. So müde und ausgezehrt hatte sie noch nie geklungen. Konnte daran wirklich nur ein sicherlich unerfreuliches Gespräch mit ihrem Vater schuld sein? Es fiel ihm schwer, das zu glauben. »Okay, ich komme«, sagte er nach kurzem Überlegen und legte auf.

Inges Herz setzte einen Schlag aus, als sie das hörte. Roland wollte fort? Sie sollte alleine auf Felix warten? Ängstlich sprang sie vom Sofa auf, wo sie gesessen und an den Nähten eines Zierkissens gezupft hatte. Entgeistert sah sie Roland an. »Du kannst mich hier nicht alleine lassen«, stieß sie aus. »Ich schaffe das alleine nicht. Du hast ihn nicht gesehen. Er war völlig fertig.«

Roland, der schon ein paar Schritte in Richtung Wohnungstür gemacht hatte, wandte sich noch mal um. »Wie ich Felix kenne, besäuft er sich in irgendeiner Kneipe, bis er die Welt vergisst«, sagte er beruhigend. »Er wird sich nur noch hinhauen wollen und froh sein, wenn du einfach da bist.«

Inge trat noch näher an ihn heran. In ihren Augen stand schiere Panik. »Ich hab im Internet eine Seite gesehen, auf der die Operation, die Felix erwartet, beschrieben wurde«, sagte sie atemlos. »Sie nehmen die ganze Blase raus und machen aus einem Stück Darm eine neue.« Sie zögerte, schluckte, fuhr fort: »Felix wird nie mehr …«

Roland wusste, was sie meinte. Er fasste sie an den Schultern und sah sie eindringlich an. »Gerade deshalb braucht er jetzt eine starke Frau an seiner Seite«, sagte er. »Und du bist eine starke Frau. Außerdem sind wir auch noch da.«

Damit ließ er sie zurück. Inge verharrte einen Moment lang wie gelähmt. Das war es nicht, was sie hatte hören wollen. Wieso wollte niemand anerkennen, dass das einfach eine zu große Last für sie war? Wieso wollte sie niemand von der Verantwortung entbinden und von ihrem schlechten Gewissen durch ein verständnisvolles Wort erlösen?

Roland war schon in der Tür, als sie ihm nachrief: »Ich bin aber keine starke Frau! Ich will leben! Und zwar mit einem ganzen Mann!«

Die Tür schlug zu. Hatte Roland sie noch gehört? Wie konnte er sie nur alleine lassen? Sah er nicht, wie sehr sie litt? Wie konnte er nur!

Liebesnacht

In den ersten Tagen nach der Krebsdiagnose war Felix durch die Hölle gegangen. Dann endlich war sein Selbsterhaltungstrieb erwacht. Und mit ihm kehrte der Sarkasmus zurück, sein bester Schutzmechanismus. Er fing an, sich über den Krebs, die Operation und sein künftiges Leben lustig zu machen. »Wenn ich einen Plastikbeutel kriegen sollte«, sagte er zu Inge, »kannst du ihn ja bei unserem gemeinsamen Sonntagsspaziergang in deine Handtasche packen.«

Inge hatte für solche Späße nichts übrig. Sie machten ihr Angst. So wie ihr überhaupt alles Angst machte, was mit Felix und seiner Krankheit zu tun hatte.

Am Tag seiner Operation fuhr Felix frühmorgens in die Firma. Er wollte alles noch einmal sehen, vor allem die Villa, wo er immerhin die meiste Zeit seines Lebens verbracht hatte. Man weiß ja nie, ob ich wiederkomme, dachte er. Außerdem hoffte er hier Inge zu finden. Seit sie von seinem Krebs erfahren hatte, arbeitete sie bis spät abends und ging, wenn sie nach Hause kam, gleich schlafen; in der vergangenen Nacht war sie sogar ganz ausgeblieben. Felix fand es an der Zeit, ein paar klärende Worte mit ihr zu wechseln, und das wollte er tun, bevor er unter das Messer kam.

Statt seiner Lebensgefährtin traf er jedoch nur Birgit an, die im Konferenzraum saß und E-Mails beantwortete. Als sie ihn erblickte, unterbrach sie ihre Arbeit, kam auf ihn zu und nahm ihn voller Mitgefühl in die Arme. »Hast du große Angst vor der Operation?«, fragte sie.

»Und wie«, gab er zurück. Seine Nervosität war in der Tat schwer zu übersehen. Der Atem ging kurz und flach, die sonst so geschmeidigen Bewegungen des Sonnyboys wirkten kantig und hektisch. »Weißt du, wo Inge steckt?«

»Im Büro.«

»Da ist sie nicht.«

»Eben war sie noch da. Wir haben zusammen die Post erledigt.«

Wie sich nach kurzer Suche herausstellte, war nicht nur Inge, sondern auch ihre Jacke und ihre Handtasche weg. Felix zeigte sich darüber weniger erstaunt als Birgit. »Ich hab den Eindruck, sie geht mir aus dem Weg«, sagte er bitter.

»Die taucht schon wieder auf«, erwiderte Birgit aufmunternd. »Willst du mal was Erfreuliches hören? Seit der Quartalsbericht vorliegt, ist der Kurs auf achtzehn gestiegen. Und der Trend scheint sich fortzusetzen.«

Felix lächelte matt. »Gratuliere. Aber der Kurs interessiert mich im Moment herzlich wenig.« Er bat sie, Inge zu bestellen, dass er sich um drei Uhr nachmittags in der Klinik einfinden werde und sich freuen würde, sie dort zu sehen.

Als er schon gehen wollte, erklang plötzlich ein Geräusch auf der Treppe. Felix und Birgit wandten die Köpfe. Ein einzelner Stöckelschuh polterte die Stufen herab und landete fast vor ihren Füßen. Felix hob ihn auf. Der Schuh gehörte eindeutig Inge. Sein Blick ging nach oben, und richtig: Hinter den Sprossen des Geländers sah er sie auf der Treppe sitzen. Hatte sie sich dort etwa vor ihm versteckt? Da sie entdeckt worden war, erhob sie sich und kam, den zweiten Schuh in der Hand, herunter.

»Was soll denn das?«, fragte Felix verwirrt.

Inge errötete heftig, wodurch ihr Teint noch dunkler wirkte.

»Ich kann das einfach nicht!«, stieß sie aus.

Die ganze Woche über hatte sie Felix gemieden so gut es ging, doch selbst die wenigen Stunden, die sie mit ihm verbracht hatte, hatten heftig an ihr gezehrt; und sein Sarkasmus machte es ihr nicht gerade leichter. Immer wieder sah sie die gleichen Schreckensvisionen vor sich: Felix, abgezehrt nach der Operation; Felix, kahlköpfig und eingefallen während einer Chemotherapie; und selbst wenn er sich von all dem wieder erholen sollte, blieb er ein

Mann, mit dem im Bett nichts mehr lief. Sie war noch viel zu jung für so was! Wie kamen alle dazu, ein solches Opfer von ihr zu verlangen, so, als sei es eine Selbstverständlichkeit, dass sie ihm zuliebe ihr Leben wegwarf?

Sie ging an Felix, dessen schlimmster Verdacht sich mehr und mehr bestätigte, vorbei in Richtung ihres Büros. Doch da trat ihr Birgit in den Weg. »*Was* können Sie nicht?«, fragte sie barsch.

»Die ganze Woche war nur von Klinik und Operation die Rede«, platzte es nun aus Inge heraus. »Ich halte das nicht aus!« Sie wandte sich zu Felix um. Die Enttäuschung auf seinem Gesicht war nicht zu übersehen. »Schau mich nicht so an«, sagte sie. »Und sei mal ehrlich. Die große Liebe war es bei dir ja auch nicht. Wir wollten beide Spaß miteinander haben, sonst nichts. Aber jetzt ist mir ... der Spaß vergangen.«

»Du meinst ...?« Seine Stimme war brüchig. Er hatte es kommen sehen und war dennoch überrascht.

Inge schlug die Augen nieder. »Ja, das meine ich.«

Felix schluckte trocken. Sie hatte ja Recht: Nach der Trennung von Natalie hatte er sich mit ihr über seinen Schmerz hinweggetröstet. Doch mit der Zeit war für ihn mehr daraus geworden, obwohl auch er ihre Beziehung stets als zeitlich befristet angesehen hatte. Dass sie ihn allerdings so schmählich im Stich ließ, schmerzte. Hätte sie nicht wenigstens die Operation und die ersten Wochen danach abwarten können? War so wenig Zuneigung und Mitgefühl in ihr, dass selbst das unerträglich gewesen wäre?

»Zu meiner Beerdigung brauchst du gar nicht erst zu kommen«, zischte er sie zornig an, fuhr herum und eilte zur Treppe. Er ertrug ihren Anblick nicht mehr.

»Halt!«, rief sie ihm nach. »Mein Schuh!«

Erst jetzt fiel Felix auf, dass er ihn noch immer in der Hand hielt. Er drehte sich um und warf ihn ihr verächtlich zu. Dann war er endgültig fort.

Inge suchte ein Anzeichen von Verständnis in Birgits Augen, fand dort jedoch nur Verachtung. »Wie können Sie nur«, herrschte sie ihre Sekretärin an und folgte Felix nach unten. Als sie ihn erreichte, war er schon fast bei seinem Wagen.

»Wenn du willst, begleite ich dich ins Krankenhaus«, bot sie an. Ihre Hand lag auf seinem Arm.

»Nicht nötig«, erwiderte er. Nach kurzem Schweigen setzte er mit einer Bitterkeit, die nur zum Teil Inge galt, hinzu: »Ich nehme es Inge nicht mal übel. Bis es mich selbst traf, war ich doch genau wie sie. Von der unschönen Seite des Lebens wollte ich nichts wissen. Das Wichtigste für mich war Spaß zu haben.«

Voller Mitgefühl sah Birgit ihn an. Schließlich nahm sie ihn in den Arm, drückte ihn fest an sich und wünschte ihm Glück für die Operation. Er war ihr dankbar dafür. Sie war empfindsamer, als viele dachten. Und wenn sie dieser empfindsamen Seite etwas mehr Raum in ihrem Leben gäbe, würde er sie sogar richtig ins Herz schließen können.

Inge beobachtete aus dem Konferenzraum, wie die beiden sich umarmten. Ihr alle, die ihr mich verurteilt, macht es euch verdammt leicht, dachte sie finster. Für euch ist es mit einer Umarmung und ein paar Blumen ins Krankenhaus getan. Ich aber soll mich an einen Mann ketten, der mir nichts mehr zu bieten hat, und das in den besten Jahren meines Lebens.

Verärgert über so viel Ungerechtigkeit kehrte Inge an ihren Schreibtisch zurück. Es dauerte nicht lange, bis Birgit an ihr vorüber in den Konferenzraum ging. Sie schenkte ihr nicht einen einzigen Blick.

Nach einiger Zeit hörte sie erneut Schritte auf der Treppe. Wenig später stand Natalie in ihrem Büro. Inge wusste, dass die Beziehung zwischen Natalie und Felix an dessen Hartherzigkeit zerbrochen war. Deshalb vermutete sie bei Natalie noch am ehesten Verständnis für ihr Verhalten. Hoffnungsvoll trat sie an die junge Frau heran.

Natalie hatte von Felix' Operation erfahren, doch keiner von denen, die sie fragen konnte, wusste Näheres, und die, die mehr gewusst hätten, wie etwa Lena, gaben sich äußerst diskret. Offenbar hatte Felix selbst sie darum gebeten. Inge war Natalies letzte Hoffnung. »Können Sie mir sagen, was mit Felix los ist?«, fragte sie.

Das tat Inge nur zu gerne. In den schrecklichsten Farben malte sie aus, was Felix bevorstand. »Sie als seine Ex-Freundin verstehen sicher, dass ich unter diesen Umständen nicht bei ihm bleiben konnte«, schloss sie.

Natalie konnte nicht glauben, was sie da hörte. Es erschien ihr zu ungeheuerlich. »Sie haben Schluss gemacht?«, fragte sie nach.

»Natürlich. Ich dachte mir: Lieber gleich klare Verhältnisse schaffen. Je länger man damit wartet, desto schwerer wird es. Und irgendwann wäre es auf jeden Fall so weit gewesen, denn ein solches Leben hätte ich nie und nimmer ausgehalten.«

Natalie, sonst selten um eine Antwort verlegen, war sprachlos angesichts solcher Gefühlskälte. Dafür war ihr Blick umso beredter. Fassungslosigkeit und Verachtung sprachen unmissverständlich daraus. Inge erkannte, dass sie auf kein Verständnis bei Natalie traf.

»Warum tut jeder so, als wäre ich ein Monster!«, rief sie aus. »Felix hat weiß Gott genug Menschen, die sich um ihn kümmern! Was wollt ihr denn alle von mir? Wieso ausgerechnet ich?«

Noch immer fand Natalie keine Worte. Zuerst hatte ihr der Abscheu vor Inges Herzlosigkeit die Kehle zugeschnürt, dann das Mitgefühl mit Felix. Was er sich einst hatte zu Schulden kommen lassen, zählte plötzlich nicht mehr. Felix brauchte sie. Das allein zählte. Und anders als Inge würde sie ihn nicht im Stich lassen.

Holzknecht sah auf die Uhr. Es war schon zehn vor zwei! Um zwei war das Treffen in der Villa anberaumt. Höchste Zeit, sich aufzumachen. Er erhob sich aus seinem Bürostuhl und schlüpfte in sein Sakko, das wie immer über der Lehne gehangen hatte. An der Tür schaute er sich noch mal um. Es fiel ihm nicht leicht, das alles hinter sich zu lassen. Selbst Roland Althofer und Birgit Meyerbeer hatten ihm die Liebe zu dieser Firma nicht ganz austreiben können. Trotzdem, es gab keine andere Möglichkeit. Nach dem frisierten Quartalsbericht blieb ihm nur noch dieser eine Weg: die Firma zu verlassen. Sonst hätte er sich morgens beim Rasieren nicht mehr ins Gesicht sehen können.

Um die Schwermut, die ihn auf dem Weg nach unten überkam, nicht allzu groß werden zu lassen, dachte Wilfried an die Annehmlichkeiten seines Lebens nach *Althofer*. Er hatte sich vorgenommen, nicht gleich wieder eine Stelle anzutreten, sondern sich erst einmal in seiner kleinen Hütte in den Alpen zu erholen, ein wenig im nahen Bergsee zu angeln, zu lesen oder einfach nichts zu tun.

Noch aber war es nicht so weit. August und Wilhelm hatten darauf bestanden, seine Kündigung und die Gründe, die dazu geführt hatten, insbesondere den leidigen Quartalsbericht, zum Gegenstand einer gemeinsamen Versammlung des Vorstands und des Aufsichtsrats zu machen. So einfach sollten Roland und Birgit mit ihrer Art der Geschäftsführung nicht durchkommen.

Auf dem Parkplatz gesellte sich Wilhelm, der eben angekommen war, zu Holzknecht. Dieser erkundigte sich sogleich nach Felix' Befinden. »Den Umständen entsprechend«, teilte Wilhelm bedrückt mit. »Er wird heute operiert. Deshalb möchte ich Sie bitten, sich auf keine langen Diskussionen mit Roland einzulassen. Ich muss nämlich in die Klinik.«

Das versprach Wilfried gerne. Auch ihm lag nicht daran, die Sitzung unnötig in die Länge zu ziehen. Felix' Erkrankung hatte neben der menschlichen Tragik natürlich auch Folgen für die Firma. So schnell einen neuen Vertriebsleiter aufzutreiben, war schwierig. Und selbst, wenn es Roland und Birgit gelingen sollte, würde der Neue lange brauchen, um sich einzuarbeiten. Und das Controlling musste auch jemand übernehmen. Zu menschlichem Ungeschick kam also auch noch Pech dazu.

»Übrigens bewundere ich sehr, was Sie tun«, erklärte Wilhelm schließlich. »Wie Sie zu Ihrer Überzeugung stehen und Ihre Integrität wahren, das verdient allen Respekt. Und auch, was Sie in kurzer Zeit hier erreicht haben, hätte Ihnen kaum ein anderer nachgemacht. Schade, dass *Althofer* einen Mann wie Sie verliert.«

Holzknecht hörte es gerne, auch wenn er viel zu bescheiden war, um sich in diesem Lob zu sonnen. Es machte ihn eher verlegen. »Na ja«, sagte er nur, lächelte aber dankbar.

In diesem Moment fuhr August heran. Seine Laune war nicht gerade die beste. Holzknechts Abgang bedeutete für ihn mehr Arbeit, so viel stand fest und gerade das gefiel ihm ganz und gar nicht. Hatte die Plackerei denn nie ein Ende? Er verfluchte den Tag, an dem er in diese Firma eingestiegen war.

Drinnen wartete Roland schon auf die drei Männer. Zu seiner Überraschung nahm Birgit ihre Handtasche und verließ das Konferenzzimmer. »Wo willst du hin?«, fragte er.

»Weg hier«, antwortete sie nur gereizt.

Roland hielt sie fest. Sie hatte ihm nicht erzählt, was ihr Vater vor einer Woche zu ihr gesagt hatte, nachdem er von dem frisierten Quartalsbericht in Kenntnis gesetzt worden war. Dass es nicht schmeichelhaft gewesen sein konnte, war jedem klar, der August kannte. Andererseits musste gerade seine Tochter die unverblümte Art ihres alten Herren gewohnt sein. Weshalb also fürchtete sie sich jetzt geradezu vor ihm?

Birgit löste ihren Arm aus seiner Hand. Es war nicht nur ihr Vater, vor dem sie floh. Es war die gesamte Situation, der sie sich immer weniger gewachsen fühlte: der Spannung, dem Druck und den Versagensängsten. Vor allen Dingen aber brauchte sie jetzt eine neue Dosis *Colportin X*.

Als sie nach oben in die Wohnräume verschwinden wollte, lief sie genau in die Arme ihres Vaters. Er sah sie verdutzt an, denn er erkannte gleich, dass sie wegwollte. Wortlos schob Birgit sich an ihm vorbei und ging die Treppe hinauf. Um sie zu schützen, trat Roland zwischen Birgit und ihren Vater und drängte diesen in Richtung des Konferenzraums. Die anderen folgten, die Türen schlossen sich und die Sitzung begann.

Unterdessen trat Birgit ins Badezimmer. Seit ihr Vater die Tabletten gesehen hatte, fühlte sie sich unsicher. Sie wusste nicht, ob er Roland davon erzählt hatte. Gesagt hatte dieser zumindest noch nichts. Trotzdem galt es vorsichtig zu sein. Deshalb hatte sie die Tablettenschachtel in der schmutzigen Wäsche versteckt. Dort würde Roland sicher nicht darüber stolpern. Sie kramte sie heraus und nahm gleich drei Tabletten auf einmal.

Nachdem sie sie geschluckt hatte, fiel ihr Blick auf ihr Spiegelbild. Im ersten Moment hätte sie sich am liebsten selbst angespuckt. *Du bist eine Versagerin,* sagte die böse Stimme in ihrem Kopf. Dann endlich setzte die Wirkung der Tabletten ein. Die Stimme verstummte – dafür meldete sich nun die gute Stimme zu Wort. *Du schaffst es,* sagte sie. *Du schaffst alles.*

Leise begab Birgit sich wieder nach unten. Im Flur begegnete ihr Inge, die dabei war, ein Tablett voller Schnittchen in das Besprechungszimmer zu bringen. Birgit ließ sie wissen, dass sie zu Daniel Kruse ins Atelier ging und bat sie, ihr Bescheid zu geben, wenn die Konferenz zu Ende und die Herren gegangen seien.

Sie wollte schon weiter, doch Inge hielt sie zurück. Sie war immer noch auf der Suche nach jemandem, der ihr die Absolution für ihr Verhalten erteilen würde. Und Birgit war sicher nicht so gefühlsduselig wie diese Natalie Sailer, auch wenn sie zunächst ebenfalls empört reagiert hatte. »Finden Sie es auch so verwerflich, dass ich mich von Felix unter diesen Umständen getrennt habe?«, fragte sie in der Hoffnung auf Verständnis.

»Sie sind eine gute Sekretärin, Frau Fabian«, entgegnete Birgit kühl. »Eine bessere könnte ich mir nicht wünschen.« Inge lächelte zufrieden. »Als Freundin möchte ich Sie aber nicht haben«, setzte Birgit hinzu und zerstörte damit alle Hoffnungen auf Rechtfertigung. Gebeugt wie ein getretener Hund stand Inge da, während ihre Chefin auf leisen Sohlen die Villa verließ.

Als Inge das Konferenzzimmer betrat und die Schnittchen auf den Tisch stellte, war Roland gerade dabei, sich heftig gegen Meyerbeers Vorhaltungen zu verteidigen. »Nicht wir haben Herrn Holzknecht gekündigt, sondern er uns«, stellte er klar. Dann wandte er sich an Wilfried, setzte ein süffisantes Lächeln auf und fuhr fort: »Und zwar nicht wegen eines angeblich geschönten Quartalsberichtes, sondern wegen Ihrer Abneigung gegen Birgit und mich. Oder positiv gewendet: wegen Ihrer Zuneigung zu Lena Czerni.«

»Wenn diese Besprechung nicht endlich sachlich geführt wird«, fuhr Wilfried empört auf, »sehe ich keinen Grund, länger zu bleiben.«

»Aber es geht hier doch nur um Persönliches«, versetzte Roland heftig. »Drum sollte endlich auch darüber gesprochen werden.« Er wusste, dass er nur auf diese Weise Holzknecht beikam und Augusts Argumente entkräften konnte. Vor allem galt es, von dem Quartalsbericht abzulenken.

»Ich will jetzt endlich Dr. Holzknechts Gründe hören«, fiel Meyerbeer ein und warf Roland einen strengen Blick zu. Er hatte dessen Ablenkungsmanöver natürlich sofort durchschaut. Einem alten Fuchs wie ihm machte keiner was vor.

Statt sich in ausführlichen Erläuterungen zu ergehen, verteilte Wilfried mehrere zusammengeheftete Blätter. Darin war seine Kritik an den Managementfehlern der letzten Zeit detailliert zusammengefasst; außerdem machte er Vorschläge, wie sich einige der drängendsten Probleme angehen ließen. Roland biss sich auf die Unterlippe, während er den Text überflog. In seinen Augen wollte Holzknecht ihn nur demütigen, indem er allen vormachte, es ginge ihm nur um das Wohl der Firma.

August und Wilhelm hatten ebenfalls einen kurzen Blick auf den Text geworfen. Was dort geschrieben stand, hörte sich sachlich und vernünftig an. Sie nickten sich zu. Dann ergriff August wieder das Wort. »Kommen wir zu diesem Quartalsbericht«, bestimmte er.

Holzknecht wiederholte die Anschuldigungen, die er schon mehrfach erhoben hatte. Nicht nur die Anleger seien getäuscht worden, sondern auch die eigenen Mitarbeiter. »Das kann sehr peinliche und unangenehme Folgen haben, denn daraus kann eine Spirale weiterer Täuschungsmanöver resultieren, wenn im nächsten Quartal nämlich die erhofften Umsätze ausbleiben und der Quartalsbericht wieder manipuliert werden muss, um einen totalen Einbruch zu verhindern.«

Roland ließ seinen Oberkörper gegen die Lehne seines Stuhls sacken. Es fiel ihm schwer, etwas gegen diese Argumentation vorzubringen, denn ihm waren diese Probleme schmerzhaft bewusst. Den Kursanstieg und die in Aussicht gestellte baldige Freigabe des Kredits durch die *Direkt Bank* hatten sie zwar dem Quartalsbericht zu verdanken. Die Marktlage indes hatte sich nicht verbessert und selbst wenn die Umsätze steigen sollten, würde der Gewinn nicht im gleichen Maße wachsen, was allein einen Kurseinbruch verhindert hätte.

Da Roland schwieg, ergriff wieder August das Wort. »Wir können wohl davon ausgehen, dass diese Art von Manipulation nicht mehr vorkommt«, forderte er und nahm Roland dabei fest in den Blick. »Falls doch, stoße ich meine Aktien ab und schicke euch die Prüfer ins Haus – und zwar genau in dieser Reihenfolge!«

Roland schaute betreten drein, nickte aber. Er wusste, dass ihm nichts anderes übrig blieb als sich zu fügen.

Holzknecht dankte den beiden alten Herren für das Vertrauen, das ihm während seiner Zeit in der Firma entgegengebracht worden war, dann war die Sitzung beendet. Wilhelm strebte rasch dem Ausgang zu, er wollte in die Klinik. Rolands Frage, ob er ihn begleiten solle, lehnte er ab. »Einer muss schließlich auf der Kommandobrücke bleiben«, sagte er.

Während Holzknecht und Wilhelm den Raum verließen, blieben Roland und August zurück. Letzterer nahm eines der Schnittchen, die unberührt dastanden. »Was ist mit Birgit?«, fragte er kauend. »Geht sie mir aus dem Weg?«

»Ich weiß zwar nicht, was du ihr alles an den Kopf geworfen hast«, entgegnete Roland vorwurfsvoll, »aber wie ich dich kenne …«

»Wenn sie von ihrem Vater keine Kritik mehr vertragen kann, tut sie mir Leid.«

Roland lachte bitter auf. »Das war doch keine väterliche Kritik, August. Du hast ihr den Boden unter den Füßen weggezogen.«

»Ach was!«, erwiderte Meyerbeer scharf. »Was ihr den Boden unter den Füßen wegzieht, sind diese verdammten Pillen.«

»Pillen?«, wiederholte Roland und sah ihn erstaunt an.

Er wusste nichts von irgendwelchen Pillen. Allerdings würde das einige der Veränderungen, die in letzter Zeit mit Birgit vorgegangen waren, erklären. Ihre Stimmungsschwankungen. Ihr zeitweiliger Wunsch nach Rückzug. Ihre Kraftlosigkeit. Dann wieder ihre Dynamik. Ihre Reizbarkeit und Aggressivität. Er hatte all das für Symptome zu großer Belastung gehalten, ohne mit dieser Erklärung ganz zufrieden zu sein.

»Schau einfach mal in ihre Handtasche«, riet August. Er schluckte den Rest des Schnittchens, den er die ganze Zeit schon kaute, hinunter und trat näher. »Ihr habt euch übernommen«, befand er, nun weniger vorwurfsvoll, aber keineswegs mit geringerem Ernst. »Gebt es doch einfach zu.«

Roland schüttelte den Kopf. Augusts Selbstsicherheit, die nicht selten in Selbstgerechtigkeit überging, missfiel ihm schon seit langem. Woher nahm er das Recht, Birgit und ihn wie unreife Kinder zu behandeln?

»Wilhelm und du, ihr habt uns doch immer auf eure enge Vorstellung reduziert«, hielt er ihm entgegen. »Wir sollten den gleichen Weg gehen, den ihr gegangen seid. Wenn wir heute an Grenzen stoßen, dann doch nur deshalb, weil ihr uns nicht erlaubt habt, uns zu befreien!«

August trat näher. »Jetzt hör mir mal zu, mein Junge«, sagte er streng. »Merk dir das gut: Ab fünfunddreißig ist jeder für sein Gesicht selbst verantwortlich! Die Schuld immer den Eltern zuzuschieben, ist nicht nur zu einfach, es ist noch dazu das Dümmste, was man machen kann.«

Er nahm sich noch ein Schnittchen, biss hinein, hob die Hand zu einem lapidaren Gruß und verließ den Raum. Durch die offene Tür hindurch sah Roland ihn den Flur hinabgehen und auf der Treppe verschwinden. Er hätte noch eine Menge vorzubringen gehabt, doch es wäre umsonst gewesen. August war unbelehrbar. Während er Roland vorwarf, dass er es sich zu leicht mache, wenn er die Verantwortung für die eigenen Unzulänglichkeiten auf die Väter schob, entzog er sich seinerseits der Verantwortung für die Fehler, die er an seiner Tochter begangen hatte. Unter allen menschlichen Bindungen waren die Familienbande die einzigen, die sich ein Leben lang nicht lösen ließen. Aber vielleicht kannte August die eigenen Fehler besser, als er zugab und benutzte seine Selbstgerechtigkeit nur als Schutzschild.

Das Läuten der Türglocke ließ Angela von dem Regal aufschauen, in das sie eben fertig gewordene Ware einräumte. Sie glaubte, Kundschaft sei gekommen, doch als sie die beiden jungen Männer sah, die nur wenig älter waren als sie selbst, stockte ihr kurz der Atem. Es waren Manni und Alex, zwei Freunde aus einer Zeit, die noch gar nicht so lange her war, und von der sie doch Ewigkeiten trennten.

Damals hatte sie auf der Straße gewohnt, auf Parkbänken und unter Brücken geschlafen. Sie hatte einfach in den Tag hinein gelebt. Irgendwie hatten die beiden von der Veränderung in ihrem Leben erfahren und versuchten nun, daraus für sich Profit zu schlagen. Schon einmal hatten sie ihr einen Besuch abgestattet und sie dabei um eine ganze Tageseinnahme erleichtert. Angeblich nur geliehen, wie sie sich hämisch grinsend ausdrückten. Angelas Freund Wolfgang hatte daraufhin die Polizei gerufen – und nun waren die beiden offenbar gekommen, um Rache zu nehmen, denn jemanden an die Polizei zu verraten, war so ziemlich der schwerste Verstoß gegen das Gesetz der Straße, den es gab.

Angela trat den beiden entschlossen in den Weg. Ihr Hund Rudi, der in seinem Korb saß, stellte die Ohren auf. »Was wollt ihr?«, fragte sie. »Und wo sind meine fünfhundert Euro?«

Manni sah sie böse an. »Eh, was willst du denn?«, fuhr er auf. »Du und deine stinkreiche Freundin habt doch Kohle ohne Ende. Und haben wir nicht auch mit dir alles geteilt?«

Schon eher habt ihr euch an meinen Vorräten bedient, dachte Angela, schwieg jedoch, denn sie wollte die beiden nicht unnötig reizen. Während Alex auf Rudi zuging, machte sich Manni an einige der ausgestellten Kleidungsstücke heran und befühlte den Stoff. Angela klopfte ihm auf die schmutzigen Finger. »Lass das!«, fuhr sie ihn an. »Macht, dass ihr rauskommt!«

In diesem Moment bemerkte sie, dass sich Alex hinter den Verkaufstresen begeben hatte. Wollte er etwa schon wieder an ihr Geld? Sie eilte zu ihm und sah gerade noch, wie er eine Schublade zuschob. »Verschwindet hier endlich!«, fuhr sie auf und drängte Alex weg. »Wenn nicht, dann hole ich die Polizei.«

»He, bleib cool!«, wollte Manni, der hinter ihr hergekommen war, sie besänftigen. »Wir gehen ja schon. Aber wir sehen uns wieder. ›Wer nicht hören will, muss fühlen‹, hat mein Alter immer gesagt, bevor er mich verdroschen hat.«

Damit verließen sie den Laden. Angela fragte sich nur, warum Alex in dieser Schublade und nicht in der Kasse Geld gesucht hatte. Sie konnte dem aber nicht nachgehen, denn in diesem Moment kam eine Kundin mit ihrer Tochter herein.

Kurz darauf betrat auch Lena den Laden. Sie hatte Florian bei Hedda abgegeben und wollte später zu Felix ins Krankenhaus. Sie grüßte Angela, die noch immer mit der Kundin beschäftigt war, und ging hinter die Ladentheke, um sich das gerade in Arbeit befindliche Kleidchen anzusehen. Auf dem

Weg zur Nähmaschine stolperte sie fast über Rudi, der etwas fraß, das auf dem Boden lag. Lena beugte sich hinab, um zu sehen, was es war. Sie fand einen kleinen Plastikbeutel, den Rudi offenbar aufgebissen hatte, um an den Inhalt zu kommen. Nur noch zwei bunte Pillen befanden sich darin. Besorgt sah sie zu ihrer jungen Freundin hinüber.

Nachdem die Kundin fort war, ließ Angela die Tür offen, um frische Luft hereinzulassen, denn ihr war, als hänge noch immer der strenge Geruch ihrer beiden falschen Freunde im Laden. »Stell dir vor«, erzählte sie aufgeregt, während sie zu Lena trat, »Manni und Alex waren schon wieder da. Die Polizei hat sie einfach laufen lassen, obwohl sie mir fünfhundert Euro geklaut haben!«

Lena ging nicht darauf ein, sondern hielt Angela die beiden Pillen hin. Gleichzeitig nahm sie das Mädchen streng in den Blick. Auch wenn sie jetzt als junge Geschäftsfrau Erfolg hatte, steckte in ihr noch immer die Streunerin. »Was ist das?«, fragte Lena. »Und vor allem: Wo kommt es her?«

»Keine Ahnung«, versetzte Angela, obwohl sie genau wusste, was das war: Ecstasy. Glaubte Lena etwa, sie nehme Drogen? Der unausgesprochen im Raum stehende Verdacht kränkte sie. Da fiel Angela wieder ein, dass sich Alex an einer der Schubladen zu schaffen gemacht hatte. Und hatte Manni nicht mit Rache gedroht? Sie riss die Schublade auf und musste nicht lange darin suchen, um weitere Beutel mit bunten Pillen zu finden.

»Das waren die beiden«, erklärte sie hastig. »Die

wollen mir was anhängen. Wetten, dass gleich die Bullen hier auftauchen und eine Razzia veranstalten?«

Lena atmete auf. Da sich diese Erklärung plausibel anhörte, glaubte sie Angela. »Wir spülen das Zeug im Klo runter«, sagte das Mädchen und nahm Lena den Beutel aus der Hand. Erst jetzt bemerkte sie, dass er offen war. »Das war Rudi«, erklärte Lena.

»Was?«, rief Angela aus. Ihre Blicke suchten nach ihrem vierbeinigen Freund, fanden ihn jedoch nirgends. Er musste durch die offene Tür auf die Straße gelaufen sein.

»Der kommt schon wieder«, versuchte Lena sie zu beruhigen. »Er weiß doch, wo sein Zuhause ist.«

»Aber er ist doch high von den Pillen«, widersprach Angela ängstlich. »Was, wenn er unter ein Auto läuft? Ich muss ihn suchen. Kannst du solange im Laden bleiben?«

»Aber viel Zeit hab ich nicht. Ich möchte noch zu Felix ins Krankenhaus.«

Lena begleitete Angela bis vor die Boutique, wo die Vespa des Mädchens stand. Kurze Zeit später brauste es schon davon. Lena indes kehrte in den Laden zurück. Angela hatte ihr die Beutel mit den Pillen gegeben. Weg mit dem Zeug, dachte sie und spülte sie in der Toilette runter. Keine Sekunde zu früh, denn als sie in den Laden zurückkam, fuhr bereits ein Polizeiwagen vor.

Nach ihrer unerfreulichen Begegnung mit Inge hatte Natalie einen Entschluss gefasst. Sie würde sich um Felix kümmern. Ihn plötzlich schwach und verletzbar zu wissen, hatte alles Trennende zwischen ihnen unwichtig und nebensächlich erscheinen lassen. Mit einem Mal war ihr bewusst geworden, wie viel sie noch für ihn empfand und wie nah er ihr immer noch war.

Sie erwartete nicht, dass Uwe das verstand. »Glaubst du, Felix Althofer würde für dich das Gleiche tun?«, fragte er, als sie ihm ihren Entschluss mitteilte. Für ihn stand die Antwort auf diese Frage fest. Genau wie für Natalie. »Ja«, sagte sie überzeugt. Felix hätte ebenso gehandelt, denn zwischen ihnen gab es etwas, das sie nicht benennen konnte; etwas, das es, wie ihr jetzt erst bewusst wurde, zwischen ihr und Uwe nicht gab – und nie geben würde. Etwas, das mehr war als Liebe. Der beste Name dafür war vielleicht: Bestimmung.

Als sie Felix dann vor sich sah, wusste sie, dass sie das Richtige tat. Sie sah die Erleichterung, ja die Dankbarkeit in seinem verwirrten Gesicht. Sie glaubte sogar, ein Glitzern in seinen Augen erkennen zu können. Waren das Tränen der Rührung? Wie auch immer, er wandte sich rasch wieder der Reisetasche zu, in die er gerade alles stopfte, was er im Krankenhaus brauchen würde.

»Felix!«, rief Natalie.

Er drehte sich zu ihr um, sodass sie ihn umarmen konnte. Es tat ihm gut. Sie war der einzige Mensch, der ihn in seinem Unglück trösten konnte. Doch er traute sich nicht einmal, sich zu wünschen, dass sie bei ihm blieb.

»Ausgerechnet du, Felix«, sagte sie, nachdem sie sich voneinander gelöst hatten. Er fuhr fort zu packen, sie hatte sich auf der Armlehne eines Sessels niedergelassen. »Ich hatte geglaubt, du wärst unverwundbar.«

»Das hat Siegfried auch gedacht«, entgegnete Felix, »aber es hat ein Blatt genügt, um ihn verwundbar zu machen.«

»Du stehst das durch, Felix. Und ich werde auf dich aufpassen. Ich hab mir ein paar Tage freigenommen.«

Felix hielt inne und sah sie ungläubig an. Natalie war verrückt. Wie ein Kind. Deshalb hatte er sie damals geliebt. Und nicht nur damals. Immer. Bis zum heutigen Tag. Aber gerade deshalb durfte er nicht zulassen, dass sie etwas Derartiges tat. Sie wusste ja nicht, worauf sie sich einließ. Er musste sie vor sich selbst beschützen. Doch hatte er die Kraft dazu?

»Und was sagt dein Uwe dazu?«, fragte er.

Sie zuckte die Schultern. Es war keine Gleichgültigkeit, die aus dieser Geste sprach, eher Schicksalsergebenheit.

»Braucht man im Krankenhaus eigentlich den Pass?«, fragte Felix zerstreut.

»Wozu?«

Er lächelte. »Stimmt. In den Himmel oder in die Hölle kommt man auch ohne Pass.«

»Hör auf!«, rief Natalie empört. »So redet man nicht!«

»Doch«, versetzte Felix, »ich muss so reden! Allmählich kommt mein Zynismus zurück. Und das ist gut, denn er ist meine Hornhaut.«

Natalie erhob sich und trat an ihn heran. »Vor mir musst du dich nicht schützen. Ich bin nur deine Natalie.«

Felix spürte eine angenehme Wärme von seinem Bauch ausgehen, sie strömte in den gesamten Körper und erfüllte ihn mit einer unerwarteten Kraft. Doch er wehrte sich dagegen. Er durfte das Geschenk, das Natalie ihm anbot, nicht annehmen. »Wenn du mich in der letzten Woche erlebt hättest, würdest du das sicher anders sehen«, sagte er. »Ich war ein Jammerlappen erster Güte. Kein Wunder, dass Inge das Weite gesucht hat.«

Natalie strich ihm eine Strähne, die ihm in die Stirn hing, zärtlich zurück. »Das ist völlig in Ordnung«, sagte sie mit weicher Stimme. »Wenn einem so was passiert, ist man eben durch den Wind.«

Felix sah in ihre dunklen Augen, aus denen ihm so viel Trost und Wärme entgegenströmte. »Ich will nur eins, Natalie: Da heil durchkommen. Irgendwie. Bloß nicht sterben. Das Leben und diese Welt sind zu schön, ich will das noch eine Weile sehen und erleben dürfen.«

»Das wirst du.«

Sie drückte ihn an sich. Eine Träne rann ihm über die Wange. Er wischte sie schnell ab, nachdem sie sich voneinander gelöst hatten. »Dann mal los«, sagte er und nahm seine Reisetasche.

Natalie setzte sich an das Steuer des Porsche. Sie

wunderte sich selbst, wie viel Kraft sie mit einem Mal hatte.

Im Krankenhaus traten sie an die Glasscheibe, hinter der der Pförtner saß. Erst nach ein paar Sekunden schaute er von seiner Zeitung auf. »Felix Althofer ist mein Name«, sagte Felix. »Könnten Sie bitte Frau Silke Richter anrufen und fragen, wo wir hinmüssen?«

Der Pförtner tat, was von ihm gewünscht wurde. »Herr und Frau Althofer sind hier«, teilte er Silke mit. Als Natalie das hörte, machte das Herz in ihrer Brust einen Satz. Frau Althofer! Ja, das war sie, auch ohne Zeremonie und Trauschein. Sie war Felix' Frau.

Silke empfing die beiden an der Schwesternstation und brachte sie zu Felix' Zimmer. Sie wirkte sehr souverän in allem, was sie tat, und erklärte, sie werde die Operation an einem Monitor verfolgen, um zu lernen. »So was sieht man nicht alle Tage. Und es operieren nur fähige Leute.«

»Dann werde ich mich bemühen, eine gute Show abzuliefern«, witzelte Felix.

Silke lachte. Sie stellte ihm eine Flasche mit einem Kontrastmittel hin, das er für spätere Untersuchungen trinken sollte. Dann ließ sie die beiden allein.

Felix füllte das Kontrastmittel ins Zahnputzglas und trank es schluckweise. »Eigentlich gar nicht so schlecht«, scherzte er. »Mit etwas Wodka und Limone ließe sich damit glatt ein schöner Cocktail mixen.«

Die ganze Zeit schon hatte Natalie seine Sachen in den Schrank geräumt und die Toilettenartikel in das kleine Bad. Jetzt war sie damit fertig, nahm das Krankenhaushemd, das auf dem Bett bereitgelegen hatte, und hielt es ihm hin. »Trink endlich aus und zieh das hier an«, drängte sie ihn.

Felix kippte den Rest des Getränks in einem Schluck hinunter. Während er begann, sich auszuziehen, meinte Natalie mit einem leicht verträumten Blick: »Hast du gehört, wie uns der Pförtner genannt hat? Herr und Frau Althofer. Wir hätten damals doch heiraten sollen, Felix. Dann wäre alles anders gekommen.«

»Dann wärst du jetzt mit einem Krüppel verheiratet«, entgegnete Felix bitter. »Ab morgen bin ich nur noch ein halber Mann.«

»Das steht doch überhaupt nicht fest«, protestierte Natalie. Sie konnte es nicht haben, wenn er so redete.

Felix hatte sich, nun in seinem Krankenhemd, gerade ins Bett gelegt, als es klopfte. Natalie öffnete. Lena stand mit einem Blumenstrauß für den Patienten vor der Tür. Sie hatte nicht damit gerechnet, ausgerechnet Natalie hier zu treffen, hielt sich jedoch nicht mit Fragen auf, sondern ging auf Felix zu und küsste ihn auf die Wange.

Er war froh, sie zu sehen, umso mehr, als er sich in den letzten Wochen und Monaten ihr gegenüber nicht immer freundschaftlich verhalten hatte. Schön, dass sie zwischen geschäftlichem und privatem Verhalten genauso gut unterscheiden konnte wie er, denn menschlich hatte er sie stets geschätzt.

»Wie geht es dir denn?«, wollte Lena wissen.

Felix zog die Brauen hoch, ein Lächeln umspielte seine Lippen. Zu beiden Seiten des Bettes jeweils eine schöne Frau, dazu eine nicht weniger attraktive Ärztin, die sich seiner ganz besonders annahm, und überdies hatte er vorhin auf dem Gang mehrere hübsche Schwesternschülerinnen gesehen – wie sollte es ihm da schlecht gehen? Doch als er dies freimütig äußerte, knuffte Natalie ihn nur in die Seite. Genießerisch ließ er schließlich den Kopf ins Kissen sinken und schloss die Augen.

Die ganze Zeit schon hatte Lena das Gefühl, dass Natalie lieber mit Felix alleine wäre. Wortlos, nur mit Blicken und Gesten, fragte sie nun, ob sie gehen solle. Natalie nickte heftig.

»Wieso sagt denn keiner was?«, fragte Felix nach einer Weile und schlug die Augen wieder auf. Er schaute in das unschuldige Lächeln der beiden Frauen.

Lena fiel ein, dass Wolfgang ihr einen Walkman mit Kassetten mitgegeben hatte, auf denen er einige Musikstücke zusammengestellt hatte. »Musik ist für die Genesung sehr wichtig«, erklärte sie schmunzelnd.

Da klopfte es erneut und schon streckte Wilhelm den Kopf zur Tür herein. Lena verabschiedete sich von Felix und wünschte ihm Glück.

Natalie begleitete sie ein Stück. Dabei versuchte sie ihrer Freundin ihren Entschluss begreiflich zu machen. »Ich musste einfach kommen«, schloss sie. »Ich konnte ihn doch nicht hängen lassen in so einer Situation.«

»Und was sagt Uwe dazu?«

Bedrückt ließ Natalie den Kopf sinken. »Er ist natürlich stinksauer. Aber was soll ich machen? Das, was zwischen Felix und mir besteht, ist einfach stärker, wir können nichts dagegen machen, selbst wenn wir wollten.«

Lena sah ihre Freundin einen Moment lang schweigend an. Das war mal wieder typisch Natalie. In Gefühlsdingen war sie wie ein Kind. Und wer einmal einen Platz in ihrem Herzen hatte, blieb auch für immer darin. Manchmal beneidete sie sie für die Eindeutigkeit ihrer Gefühle, durch die sie immer wusste, was sie wollte, zumindest im jeweiligen Moment. Lena kam sich dagegen in Gefühlsdingen oft so unbeholfen vor.

»Am liebsten würde ich hier bleiben, bis alles vorbei ist«, sagte Natalie da. »Aber um zehn Uhr abends müssen alle Besucher gehen.«

»Dann sieh zu, dass du wenigstens jetzt noch so viel wie möglich von ihm hast«, entgegnete Lena schmunzelnd.

Die beiden Freundinnen umarmten sich, Natalie kehrte zurück zu Felix und lief beinahe in Wilhelm hinein, der das Zimmer in dem Moment verließ, in dem sie eintrat. Lena wartete beim Aufzug auf ihren Vater. »Er hat mich weggeschickt«, teilte dieser mit, »um mich zu schonen.«

Der Aufzug war da, sie stiegen ein.

»Weißt du, was Natalie hier macht?«, fragte Wilhelm nach kurzem Schweigen. »Ich dachte, die beiden sind getrennt.«

Lena zwinkerte ihm zu und lächelte. »Alte Liebe rostet nicht.«

Natalie blieb bis zum Ende der Besuchszeit bei Felix. Es war wie in alten Zeiten. Und obwohl sie bedauerte, was Felix widerfahren war, war sie zumindest dafür dankbar, dass das Schicksal sie wieder zusammengeführt hatte. Jede Sache hatte eben ihre zwei Seiten. Und je mehr Zeit sie an seinem Bett verbrachte, desto klarer wurde ihr, dass sie und er zusammengehörten.

»Ich will ein Kind von dir, Felix«, sagte sie plötzlich. Sie hatte den Gedanken in dem Moment ausgesprochen, in dem er ihr in den Sinn gekommen war. Schon einmal war sie von ihm schwanger gewesen, hatte das Kind aber verloren. Oft hatte sie darin den verborgenen Grund für das Scheitern ihrer Beziehung gesehen.

Felix schaute überrascht auf. Er kannte Natalies Impulsivität, doch das übertraf alles, was sie bisher geboten hatte.

»Heute Nacht haben wir vielleicht unsere letzte Chance«, sagte sie, zunehmend berauscht von ihrem Einfall. »Es ist mir ernst, Felix!«

»Du musst doch gleich gehen«, hielt er ihr entgegen.

Natalie konnte nichts mehr erwidern, denn die Nachtschwester kam herein und bat die Besucherin höflich, aber bestimmt, sich allmählich von dem Patienten zu verabschieden. Natalie küsste ihren Felix noch einmal innig und wünschte ihm Glück, dann verließ sie das Zimmer. Doch sie hatte keineswegs vor zu gehen. Flugs verschwand sie in der Damentoilette, von deren Tür aus sie Felix' Zimmer im Auge behalten konnte.

Es ist Fügung, dachte sie. Es muss Fügung sein. Wie hätte es sonst sein können, dass sie ausgerechnet jetzt ihre fruchtbaren Tage hatte? Felix und sie würden ein Kind haben. Alles würde gut werden.

Nachdem die Nachtschwester das Zimmer verlassen hatte, kehrte Natalie flink wie ein Mäuschen zu ihrem Felix zurück. Der kam aus dem Staunen nicht heraus. Sie meinte es wirklich ernst und ließ ihm keine Zeit, sich zu überlegen, was er von der Sache eigentlich hielt. Andererseits: Wenn er von einer Frau ein Kind wollte, dann von Natalie. Und diese Nacht war wirklich die letzte Möglichkeit.

Hastig zog Natalie sich aus und schlüpfte zu ihm ins Bett.

»Wir müssen uns beeilen«, sagte Felix. »Die Schwester hat mir ein Schlafmittel gegeben. In zehn Minuten bin ich im Reich der Träume.«

»Na, dann schnall dich mal an«, sagte Natalie nur und legte los.

Blutbad

Das war ja ein schöner Empfang! Marion Stangl hatte sich nach ihrem Urlaub kaum an ihrem Schreibtisch eingefunden, da hatte der von ihr so geschätzte Dr. Holzknecht ihr eher beiläufig mitgeteilt, dass er gekündigt habe und nur noch bis Ende der Woche für die *ACF* arbeite. Damit nicht genug, rief am Beginn der neuen Woche Ewald Kunze an und ließ sie wissen, dass zwei Herren von der Börsenaufsicht bei ihm an der Pforte seien. Marion erschrak und überlegte kurz. »Schick sie rauf«, sagte sie dann in der bangen Hoffnung, Holzknecht werde sich um die beiden Männer kümmern, obwohl er heute nur noch gekommen war, um sein Büro zu räumen.

Doch Wilfried hatte nichts dergleichen vor. Seit heute war er ein freier Mann. »Börsenaufsicht«, wiederholte er nur scheinbar ungerührt, nachdem

Marion ihn mit einem halb drängenden, halb bittenden Unterton über den unerwünschten Besuch informiert hatte. »Das war zu erwarten.«

»Wollen Sie nicht mit ihnen reden?«, fragte Marion vorsichtig. »Sie können das viel besser als Roland Althofer oder Frau Meyerbeer.«

Holzknecht wurde einer Antwort enthoben, denn in diesem Moment traten die beiden Herren ins Vorzimmer. Marion begrüßte sie und brachte sie zu ihm. Ihre grauen Anzüge passten ebenso zu ihrem staubtrockenen Beruf wie ihr strenger Blick. Schaller und Konzelmann – so stellten sie sich vor. Herr Schaller führte das Wort. Er schien kein Freund langer Vorreden zu sein, denn er kam umstandslos zum Grund des Besuchs.

»Gegen die *ACF* wurde wegen Manipulation der Bilanzen und des Kurses Anzeige erstattet.« Konzelmann reichte Holzknecht ein Schreiben. »Wir sollen der Sache nachgehen. Sie sind verpflichtet, uns Einsicht in alle dafür nötigen Unterlagen und Bücher zu gewähren.«

Aus dem amtlichen Schreiben ging nicht hervor, wer die Anzeige erstattet hatte. Vermutlich jemand aus der Firma, den die Anonymität vor Repressionen schützen sollte. Wilfried war klar, dass Birgit und Roland ihn verdächtigen würden. Da er es aber nicht gewesen war, kam für ihn eigentlich nur einer in Betracht.

»Ich kann Ihnen da nicht helfen«, sagte er und gab Schaller das Papier zurück. »Seit heute arbeite ich nicht mehr hier. Ich hole nur meine Sachen.«

Die beiden Männer tauschten einen kurzen Blick. »Darf ich fragen, in welcher Funktion Sie hier gearbeitet haben?«, wollte Schaller dann wissen.

»Als Controller.«

Wieder tauschten die beiden Männer einen kurzen Blick.

»Dann sind Sie also für den Quartalsbericht verantwortlich?«, fragte Schaller. Hinter seiner Stirn fügte er offenbar bereits Beobachtungen und Indizien wie Mosaiksteinchen zu einem Gesamtbild zusammen.

»Sagen wir: Der letzte Quartalsbericht war mein Kündigungsgrund«, erklärte Wilfried. »Sie wenden sich wohl besser an den Vorstand.«

»Und wo finden wir den?«

Nachdem er ihnen den Weg zur Villa beschrieben hatte, verabschiedeten sich die beiden Männer mit jener sachlichen Höflichkeit, die ihr Beruf gebot und die ihnen offenbar in Fleisch und Blut übergegangen war. Sie waren kaum fort, da rief Holzknecht in der Villa an, um einem völlig verdutzten Roland mitzuteilen, was ihn erwartete; anschließend informierte er Prokurist Kussmaul, der seine kreativen Rechenkünste Birgit widerspruchslos für die Täuschungen zur Verfügung gestellt hatte und dafür nun ebenfalls sein Fett wegkriegen würde.

Obwohl nun – viel früher als er erwartet hatte – das Befürchtete eingetreten war, empfand Holzknecht keine Genugtuung, auch wenn sich sein Mitgefühl für Roland und Birgit in Grenzen hielt.

Sein Bedauern galt eher den einfachen Arbeitern, denn am Ende würden sie die Zeche zahlen: wenn die Firma durch falsches Management in die Pleite getrieben wurde und diese ehrlichen, fleißigen Menschen ihren Arbeitsplatz verloren. Die Manager im Vorstand dagegen landeten weich auf ihrem nicht unbeträchtlichen Privatvermögen, mit dem sie nicht haften mussten und das sie in kluger Voraussicht auch nicht in die Firma einbrachten, zumindest nicht ganz.

Marion Stangl war, nachdem die beiden Männer das Büro verlassen hatten, nicht an ihren Schreibtisch zurückgekehrt, sondern in der Tür stehen geblieben. Von hier sah sie Wilfried schweigend an. Offenbar ließ ihr etwas keine Ruhe. »Haben Sie …?«, begann sie schließlich, traute sich aber dann doch nicht ihren Verdacht auszusprechen.

Natürlich wusste Holzknecht gleich, worauf sie hinauswollte. Tadelnd sah er sie an. »Dass Sie mir so was zutrauen, Frau Stangl, macht mich traurig.«

Sie errötete und entschuldigte sich, um dann zu fragen: »Aber wer sollte sonst so was Infames tun?«

Wilfried gab sich ahnungslos. Doch ihr Sekretärinneninstinkt sagte Marion, dass er zumindest eine Ahnung hatte. Um weiterem Nachbohren zuvorzukommen, bat Wilfried sie, ihm zu helfen, ein paar Kartons zum Wagen zu bringen.

Als sie nach draußen auf den Firmenhof kamen, sahen sie, wie Birgit in ihrem Sportcabrio mit hohem Tempo zur Villa fuhr. Offenbar hatte Roland sie verständigt. Holzknecht konnte sich vorstellen, was in der Villa jetzt los war.

Birgit war schon auf dem Weg nach Wasserburg gewesen, als Rolands Anruf sie erreicht hatte. Mit eiligen Schritten lief sie nun ins Haus. Hinter den verschlossenen Türen des Konferenzraumes vernahm sie dumpfe Stimmen, eine davon gehörte unverkennbar Roland. Statt hineinzugehen, trat sie erst in Inges Büro und ließ sich über den Stand der Dinge informieren. Inge wusste nicht viel zu berichten, nur dass es eine Anzeige gegeben und dass Prokurist Kussmaul sich überraschend krankgemeldet hatte.

Ehe Birgit sich in die Höhle des Löwen wagte, verschwand sie nach oben ins Bad und holte ihre Tabletten aus dem Wäschekorb. Vor ein paar Tagen hatte Roland sie auf die Pillen angesprochen. Es hatte sie verlegen gemacht, aber nicht überrascht, denn dass ihr Vater diese Sache für sich behalten würde, war nicht zu erwarten gewesen. Wie schon diesem gegenüber, so hatte sie auch vor Roland die Bedeutung heruntergespielt – mit dem gleichen mäßigen Erfolg. Er hatte ihr das Versprechen abverlangt, dass sie in Zukunft von ihren Medikamenten die Finger lassen würde. Doch wie sollte sie ohne die Pillen auskommen? Sie musste überall eine gute Figur machen, musste sich stets als Herrin der Lage präsentieren, obwohl sie das schon lange nicht mehr war. Zumindest nicht ohne ihr *Colportin X*.

Erst als sie die euphorisierende Wirkung kommen spürte, wagte Birgit sich ins Konferenzzimmer. Roland war erleichtert, sie zu sehen. Nachdem er sie mit den Herren der Börsenaufsicht bekannt gemacht hatte, setzte er sie ins Bild. Wie sie erfuhr, waren nicht nur die Manipulationen im Quartalsbericht Gegenstand der Ermittlung; auch der Vorwurf, das leitende Management habe Mitarbeiter vom Verkauf ihrer Aktien abgehalten, selbst aber größere Posten abgestoßen, stand im Raum.

»Wir sind nur hier, um den Sachverhalt zu prüfen«, versicherte Schaller emotionslos. »Dass Ihr Controller just in diesem Moment kündigt und Ihr Prokurist unauffindbar ist, macht uns die Sache nicht leichter.«

Höflich lächelnd, nahm Birgit nun ebenfalls Platz. »Ich kann mir denken, aus welcher Ecke die Anschuldigungen kommen«, sagte sie. »Wie Sie sehen werden, sind sie völlig haltlos. Und was die Verkäufe von Anteilen durch das Management angeht, so betrifft das Frau Czerni, die bis vor kurzem Design-Chefin und Vorstandsmitglied der Firma war. An sie müssen Sie sich wenden.«

Den beiden Männern war nicht anzusehen, ob diese Worte irgendetwas bei ihnen bewirkten. Ausflüchte bekamen sie in ihrem Beruf reichlich zu hören. Deshalb beharrten sie darauf, Einblick in die Bücher zu nehmen, denn was am Ende zählte, waren Zahlen und Fakten. Die Ermittler kamen Birgit wie Spürhunde vor, die sich durch nichts von einer einmal aufgenommenen Witterung abbringen ließen.

Während sie nach außen höflich blieb, keimte in

ihr Zorn auf. Kussmaul, dieser Feigling, hatte einfach das Weite gesucht. Aber vielleicht ist es besser so, dachte sie gleich darauf. So konnte er wenigstens nicht ausplaudern, wie sehr sie ihn zu den halbseidenen Buchungstricks gedrängt hatte.

Roland bat Inge, Schaller und Konzelmann in die Buchhaltung zu führen. Kaum waren die Türen hinter ihnen zugegangen, wandte er sich mit ernster Miene an Birgit. Seit August ihn auf ihr Tablettenproblem gestoßen hatte, hatte er seine Wahrnehmung für Birgits Stimmungen geschärft. Und jetzt, so fand er, wirkte sie nicht natürlich. Das ließ nur einen Schluss zu: »Du hast wieder was von dem Zeug genommen!«

»Nein!«, versetzte Birgit schroff.

»Ich sehe es dir doch an!« Er fasste sie am Handgelenk.

»Lass mich!«, fuhr sie ihn an und entwand sich ihm. »Mach dir lieber Gedanken, wie wir die beiden Schnüffler loswerden, das ist jetzt wichtiger.«

Roland ließ von ihr ab. Die beiden Ermittler gingen in der Tat vor. Wem sie deren Besuch zu verdanken hatten, lag auf der Hand: Dr. Holzknecht. Dieser allzu billige Racheakt sollte wohl sein Abschiedsgeschenk an die *ACF* sein. Dem werde ich was erzählen, dachte Roland. Wenn er Glück hatte, würde er ihn noch in seinem Büro antreffen.

Er war schon auf dem Weg zur Tür, als Birgit ihn zurückrief. Nicht in der herrischen Art, die sie oft an den Tag legte. Es klang eher bittend. Er blieb stehen. Sie trat zu ihm, lehnte sich an ihn. Schützend legte er seine Arme um ihre Schultern. Seit er von den Pillen wusste, hatte er Angst um sie, auch wenn er sie das nicht spüren ließ. Er musste ihr zeigen, dass er stark war.

»Küss mich«, bat sie ihn. Seine Liebe war der einzige Halt, der ihr geblieben war. Doch selbst wenn sie in seinen Armen lag, hörte sie manchmal, wie von ferne, die Stimme. *Wird er dich noch lieben, wenn du versagst?*, fragte sie und fügte höhnisch hinzu: *Aber natürlich wird er. Bloß wie lange?*

Roland legte alle Liebe, die er für sie empfand, in diesen Kuss. »Das wird schon wieder«, versuchte er sie dann zu beruhigen. »Du musst mir nur versprechen, dass du diese Pillen nicht mehr nimmst.«

Birgit nickte, küsste ihn noch einmal und löste sich von ihm. Dass sie ihn belügen musste, schmerzte sie. Doch sie konnte auf die Tabletten ebenso wenig verzichten wie auf ihn. Nachdenklich sah Roland zu, wie sie an ihren Arbeitsplatz ging. Sie wirkte jetzt so zerbrechlich.

Auf dem Weg zur Verwaltung wurde das zärtliche Gefühl für Birgit, das zunehmend von Sorge und Trauer durchwirkt war, von wachsendem Zorn auf Dr. Holzknecht verdrängt. Schon von Ferne sah er ihn bei seinem Wagen stehen, wo er sich von Marion verabschiedete. Gerade reichte sie ihm ein kleines in blaues Papier verpacktes und mit einem roten Band umwickeltes Abschiedsgeschenk. Roland verlangsamte seine Schritte. Erst als Marion zurück zum Verwaltungsgebäude ging, trat er zu Holzknecht.

»Diesen Überfall von der Börsenaufsicht haben wir doch Ihnen zu verdanken, Herr Doktor«, hielt Roland ihm vor.

Wilfried sah ihn gelassen an. »Den verdanken Sie nur sich selbst. Ich habe Sie jedoch nicht angezeigt. Das ist nicht mein Stil. Aber ich hab Sie gewarnt, dass das einmal passieren würde.«

»Es wäre nicht passiert, wenn Sie nicht Lenas und Florians Anteile abgestoßen hätten«, versetzte Roland. »Und deshalb hängen Sie auch mit drin.«

Obwohl Wilfried wusste, dass Roland damit nicht ganz Unrecht hatte, brachte ihn das nicht aus der Ruhe. Er hatte sich nichts vorzuwerfen und das würde sich, sollte es tatsächlich zu einer Ermittlung gegen ihn kommen, rasch herausstellen. »Ich habe mich nicht persönlich bereichert«, hielt er seinem Widersacher entgegen. »Außerdem habe ich mit Verlust verkauft. Sie und Ihr Bruder sind dagegen vor dem Quartalsbericht dick eingestiegen. Kurz danach sind die Aktien um sechs Punkte gestiegen.«

Roland presste die Lippen zusammen. Diesem Menschen war nicht beizukommen. Wenn er seine unbestrittenen Fähigkeiten dazu eingesetzt hätte, seine und Birgits Pläne zu fördern statt zu behindern, hätte die Firma jetzt wohl besser dagestanden. Und Birgit wäre in einer besseren Verfassung. Aber seine Loyalität zu Lena war stärker gewesen als alle Vernunft.

Holzknecht wollte kein Öl ins Feuer gießen und schlug einen versöhnlicheren Ton an, als er sagte:

»Unter anderen Umständen und günstigeren Vorzeichen hätten wir ein gutes Team sein können.«

Roland hatte dafür nur ein bitteres Lächeln übrig. Andere Umstände, günstigere Vorzeichen – übersetzt hieß das doch, dass alle nach seiner Pfeife hätten tanzen sollen. »Sie haben nie an Birgit und mich geglaubt«, warf er ihm vor.

»Es ist keine Sache des Glaubens«, entgegnete Wilfried mit einem Achselzucken. »Wissen Sie, ich bin ein einfacher Mensch, der sich mit Zahlen auskennt. Und ich konnte die Zahlen drehen und wenden, wie ich wollte, am Ende stand davor immer ein Minus. Von der Hoffnung kann man in diesem Geschäft nicht leben. Wer gezwungen ist zu hoffen, der hat schon verloren.«

Roland konnte sich der Wahrheit in Holzknechts Worten kaum verschließen. Nicht nur der Quartalsbericht war geschönt gewesen, sondern ihre gesamten Vorstellungen von der Leitung der Firma. War das, was ihm und Birgit als Vision erschienen war, nur eine Illusion gewesen? Wie auch immer, er durfte den Mut nicht verlieren. Nicht jetzt, da Birgit ihn so dringend brauchte. Es gab noch immer eine Chance, wenn auch vielleicht nur eine kleine. Nach einem kühlen Abschied ging Roland weiter zum Verwaltungsgebäude.

Wilfried stieg in den Wagen und fuhr los. Obwohl die Schranke offen stand, blieb er neben dem Pförtnerbüro stehen und hupte. Kunze kam heraus und trat an das heruntergelassene Seitenfenster. »Das hätten Sie nicht tun sollen, Herr Kunze«, sagte Holzknecht ruhig, aber bestimmt. »Man sägt nicht an dem Ast, auf dem man sitzt. Sie sollten sich gut festhalten.«

Betroffen sah Kunze in Holzknechts Gesicht. Er fand darin weder Feindseligkeit noch Vorwurf; eher schon verständnisvolles Bedauern. Sprachlos stand Kunze da. Wilfried wartete gar keine Erklärungen ab, sondern hob die Hand zu einem kurzen Gruß und fuhr.

Mit hängendem Kopf kehrte der Pförtner in sein Büro zurück. Dass es ein Fehler gewesen war, bei der Börsenaufsicht Anzeige zu erstatten, dämmerte ihm inzwischen selbst. Aber als er gesehen hatte, wie sich durch den Kurssturz hunderttausend Euro von dem von ihm verwalteten Geld in Nichts auflösten, hatte sich in ihm eine solche Wut aufgestaut, dass er unbedingt ein Ventil brauchte. Doch der Zorn war nun einmal kein guter Ratgeber. Das hätte ein Mann mit seiner Lebenserfahrung eigentlich wissen müssen.

Uwes Schweigen bedrückte Natalie immer mehr. Doch sie wusste selbst nicht, was sie sagen sollte. Auf dem ganzen Weg von ihrer Wohnung in München bis nach Augsburg in die Klinik war kaum ein Wort gefallen. Sie spürten beide, dass alles zwischen ihnen anders geworden war, doch noch wagte keiner, offen auszusprechen, was los war. Noch taten sie so, als besuche Natalie Felix nur aus Mitgefühl so oft. Dabei wussten sie es beide besser.

Als der Wagen vor dem Krankenhaus anhielt,

fühlte Natalie freudige Unruhe in sich aufkeimen. Die Sehnsucht nach Felix brannte in ihrem Herzen. Uwe so traurig zu sehen, dämpfte die Vorfreude freilich gleich wieder. Sie fühlte sich elend bei dem Gedanken, ihm wehzutun; und schon bald würde sie ihm sogar noch größeres Leid zufügen müssen.

Zum Abschied hauchte sie ihm einen raschen Kuss auf die Wange und wollte schon aussteigen, doch Uwe hielt sie am Arm fest. »Du kommst nicht mehr zurück, oder?«, fragte er. Die Ruhe auf seinem Gesicht täuschte. Unter dieser Oberfläche brodelte es.

Natalie erschrak. War das der Moment, ihm die Wahrheit zu sagen? Nein. Sie musste fort. Zu Felix. Außerdem hatte Uwe etwas Besseres verdient, als hier so zwischen Tür und Angel abgefertigt zu werden. »Wir reden später«, versprach sie und stieg aus.

»Chris ist von Birgit engagiert worden«, rief er ihr nach. »Wir sind die ganze nächste Woche in Augsburg.«

»Wie schön«, antwortete sie. »Du holst mich wieder ab, ja?«

Uwe nickte. Die Autotür schlug zu. Uwe sah Natalie nach, bis sie im Krankenhaus verschwunden war. Sie hatte sich nicht einmal nach ihm umgedreht. Hilfloser Zorn und Schmerz mischten sich in seinem Herz. Mit aufheulendem Motor fuhr er los.

Obwohl Uwe ihr nicht gleichgültig war, war er

aus Natalies Gedanken verschwunden, kaum dass die automatischen Türen sich hinter ihr geschlossen hatten. Zu vieles ging ihr durch den Kopf. Die gemeinsame Nacht mit Felix schien nicht folgenlos geblieben zu sein. Um sicherzugehen, suchte sie, ehe sie zu Felix ging, erst Silke auf. Sie übergab ihr ein kleines Döschen mit etwas Urin. Silke sah sie erstaunt an.

»Ich glaube, ich bin schwanger«, erklärte Natalie. »Aber ich will Gewissheit haben, bevor ich Felix was sage.«

Silke lächelte. »Ich hab im Labor eine gute Freundin, die wird das gleich erledigen«, versprach sie.

Leise betrat Natalie nun Felix' Zimmer. Neben dem Bett wachte Lena. Als die Tür sich öffnete, schaute sie aus dem Buch, in dem sie las, auf.

Felix hatte die Operation gut überstanden, war jedoch noch sehr geschwächt und erhielt starke Schmerzmittel, weshalb er die meiste Zeit schlief. »Und?«, fragte Natalie knapp, nachdem sie ihre Freundin flüchtig begrüßt hatte; ihre Aufmerksamkeit gehörte allein Felix.

»Seit einiger Zeit schläft er wieder«, berichtete Lena. »Davor hat er wirr geredet, von eurem Baby, das du damals verloren hast.«

Eine Gänsehaut lief Natalie über den Rücken. Felix wusste es. Ganz instinktiv. War das nicht wie ein Zeichen? Aber was brauchte sie Zeichen! Sie hatte ja ihre Liebe. Ein seliges Lächeln trat auf ihr Gesicht. »Das war nicht das Baby von damals«, sagte sie, während sie ihren Liebsten betrachtete.

Lena sah sie fragend an. Was sollte das bedeuten? Die Freundin neigte sich ihr zu und flüsterte: »Ich hab mit Felix in der Nacht vor der Operation geschlafen. Und jetzt sind meine Tage ausgeblieben. Silke checkt gerade, ob es wirklich geklappt hat, aber ich bin eigentlich sicher.«

Ungläubig schüttelte Lena den Kopf. Sie wusste nicht, ob sie sich freuen oder Sorgen machen sollte. Beides war wohl angebracht. Natalie steckte voller Überraschungen. Und wenn sie sich was in den Kopf gesetzt hatte, zog sie es auch durch – mit allen Konsequenzen. Aber was hieß schon in den Kopf setzen; meistens handelte sie ja aus dem Bauch heraus, ohne die Folgen lange zu überdenken.

»Das ist völlig verrückt, ich weiß«, gab sie selbst mit einem Schulterzucken zu. »Aber wenn Felix zu sich kommt und merkt, dass er nur noch ein halber Mann ist, dann hat er doch was, an dem er sich aufrichten kann.«

Dem ließ sich schwer widersprechen. Lena fürchtete nur, dass es für Natalie eines Tages ein unliebsames Erwachen geben konnte, denn ihr war wohl nicht ganz klar, worauf sie sich einließ. Jetzt war jedoch nicht der Moment, sie darauf hinzuweisen, zumal sie ihre Freundin um die Gewissheit, die ihr Glück ihr gab, auch ein wenig beneidete.

»Wenn ich nur wüsste, wie ich das Uwe beibringen soll«, sagte Natalie mit einem Seufzen. »Er tut mir so Leid und ich mag ihn wirklich sehr. Nur mit Felix ... das ist halt etwas anderes. Wir sind wie eine Person, wenn du weißt, was ich meine.«

Lena nickte, obwohl sie es nicht wusste, zumindest nicht aus eigenem Erleben. Die Männer, in die sie sich verliebte, suchten, allen vollmundigen Versprechungen zum Trotz, nach einer gewissen Zeit stets wieder ihre Unabhängigkeit. Max etwa rief sie zwar jeden Tag an und sagte ihr, wie sehr er sie vermisse, aber letztlich war ihm sein toller Job in New York doch wichtiger als sie. Etwas musste an ihr sein, das die Männer davon abhielt, sich ganz auf sie einzulassen; etwas, das ihnen Angst machte.

Unvermittelt schreckte Felix aus dem Schlaf auf, murmelte, offenbar noch in einem Traum gefangen, etwas vor sich hin und streckte eine Hand aus. Die beiden Frauen erschraken, dann nahm Natalie seine in die Luft gestreckte Hand, führte sie sanft zurück aufs Bett und redete beruhigend auf ihn ein. Langsam öffnete Felix die Augen und schaute in die Gesichter der beiden Freundinnen. »Bin ich im Himmel?«, fragte er heiser. »Sitzen an meinem Bett etwa schon die Engel?« Kaum wach, war er also schon wieder zu Scherzen aufgelegt.

Lena merkte rasch, dass die beiden jetzt lieber für sich waren, denn die Welt um sie herum schien für sie nicht mehr zu existieren. Deshalb verließ sie das Zimmer. Sie musste ohnehin ein paar Anrufe erledigen. Da sie den Akku ihres Handys schonen wollte, benutzte sie eines der öffentlichen Telefone in der Eingangshalle.

Als Erstes versuchte Lena Max zu erreichen. In New York war noch früher Morgen. Trotzdem würde er schon in seinem Büro sein. Sie versuchte es dort, erfuhr aber, dass er zu einem Termin außer Haus unterwegs sei. Enttäuschung machte sich in ihr breit. Manchmal fragte sie sich, wieso sie den Kontakt zu Max nicht einfach abbrach. Es hatte doch sowieso keinen Sinn.

Danach rief sie Angela an. Sie hatte versprochen, noch in die Boutique zu kommen, musste aber absagen. Angelas gute Laune wurde dadurch nicht getrübt, hatte sie nach einer Woche zwischen Hoffen und Bangen doch endlich ihren Rudi zurückbekommen. Eine Frau hatte ihn in seinem verwirrten Zustand aufgegriffen und erst wiederhergestellt, ehe sie über die Hundemarke den Besitzer ausfindig machte. Rudi ging es jedenfalls prächtig. Lena versprach, sich bald wieder zu melden und legte auf.

In diesem Moment sah sie Wilfried die Eingangshalle betreten. Er bemerkte sie auch sofort und kam auf sie zu. Seine Freude war groß, doch er bemühte sich, sie nicht allzu deutlich zu zeigen. In knappen Worten erzählte er von dem überraschenden Besuch der Börsenaufsicht. Lena hörte es mit Sorge. »Sie meinen, die finden was?«, fragte sie.

»Mit Sicherheit«, antwortete Holzknecht überzeugt, »wenn auch nichts Illegales im strengeren Sinne. Aber eine Rüge wird es wohl geben, und wenn das erst publik wird, ist das Vertrauen der Anleger verspielt. Dann hilft auch Frau Meyerbeers Werbekampagne, für die sie Chris Gellert als Fotografen engagiert hat, nichts mehr.«

»Haben Sie eine Ahnung, wer die Anzeige erstattet hat?«

»Kunze. Ich kann ihn irgendwie auch verstehen. Er hat sich von der Firmenleitung hintergangen gefühlt und von uns auch.«

Lena nickte. Es war ihr schmerzlich bewusst. Schließlich hatte sie selbst ihn immer wieder gebeten, die Aktien zu halten. Trotzdem fand sie, genau wie Holzknecht, seine Handlungsweise nicht besonders klug.

Einen Moment lang standen sie schweigend da. Doch Lena hatte das Gefühl, er wolle noch etwas sagen. In der Tat wollte Wilfried etwas loswerden, das ihm schon seit Tagen im Kopf herumging. Schließlich fasste er sich ein Herz. »Ich wollte Ihnen anbieten«, sagte er, »mich auf meine Berghütte zu begleiten. Nach den Aufregungen der letzten Tage könnten Sie ein wenig Erholung sicher gut gebrauchen.«

»Schon ...«, gab Lena zögerlich zu. Sie wusste im ersten Moment nicht, wie sie darauf reagieren sollte, auch, weil ihr nicht klar war, welche Absichten Holzknecht mit dieser Einladung verband.

»Sie müssen sich nicht jetzt entscheiden«, schob er angesichts ihres Zögerns rasch nach. »Überlegen Sie es sich einfach. Ich ruf Sie an, bevor ich losfahre. Sie können gerne auch später nachkommen, wenn Ihnen das besser passt. Ich bleibe so lange in der Hütte, bis ich weiß, wie es in meinem Leben weitergehen soll.«

Lena nickte lächelnd. Sie ergriff Holzknechts

ausgestreckte Hand und versprach, sich zu melden. Dann machte sie sich auf den Rückweg zu Felix' Zimmer.

Wilfrieds Angebot beschäftigte sie jedoch noch eine Weile. Etwas Abwechslung hätte ihr bestimmt nicht geschadet, zumal in einer ruhigen Umgebung, die einen geradezu dazu zwang, zu sich selbst zu kommen. Andererseits war zwischen ihnen so viel Unausgesprochenes, dass möglicherweise neue Spannungen entstehen würden. Zum ersten Mal fragte Lena sich ernsthaft, ob zwischen ihr und ihm mehr möglich war als dieses von Freundschaft und Vertrauen geprägte Verhältnis, das sie jetzt verband. Er gehörte zu einer vollkommen anderen Sorte Mann als Max oder Chris. Vielleicht lag darin ja auch eine Chance.

Auf dem Flur vor Felix' Zimmer begegnete ihr Silke. Sie hatten offenbar das gleiche Ziel. »Sie waren doch bei der Operation dabei«, sprach Lena sie an.

»Allerdings nur als Zuschauerin«, präzisierte Silke. »Es war ein ziemliches Blutbad. Aber ich hab viel gelernt.«

»Der Professor hat zu Hedda gesagt, Felix' Chancen stünden gut. Was bedeutet das denn nun konkret?«

»Das heißt: Wenn alles planmäßig verheilt und sich keine Metastasen bilden, kann Felix ein normales Leben führen.« Silke überlegte kurz, ob sie ihr auch den wenig ermutigenden Rest mitteilen sollte, und entschied sich schließlich, es zu tun. »Der Professor dürfte Felix' Mutter wohl verschwiegen haben, dass wir von einer guten Chance sprechen, wenn die Heilungschancen bei fünfzehn oder höchstens zwanzig Prozent stehen.« Da sie die Betroffenheit in Lenas Gesicht bemerkte, fügte sie hinzu: »Zumindest die kritische Phase hat er aber schon mal gut überstanden. Und zum Glück gibt es in all dem Elend auch eine eindeutig gute Nachricht zu vermelden.«

Lenas Miene hellte sich auf. »Sie meinen das Ergebnis des Schwangerschaftstests?«

Silke nickte.

»Darf ich es den beiden sagen?«

Wieder ein Nicken.

Als Lena das Krankenzimmer betrat, fütterte Natalie Felix gerade mit einem Brei. Er genoss es sichtlich, obwohl der Brei selbst ihm offenbar nicht besonders schmeckte, denn er verzog beim Schlucken jedes Mal das Gesicht. Zumindest war er endlich wieder ganz bei Bewusstsein.

»Ratet mal, wen ich gerade auf dem Flur getroffen habe«, sagte Lena. Der freudige Ausdruck auf ihrem Gesicht war schon die halbe Lösung des Rätsels.

»Silke?«, schloss Natalie richtig.

»Gratuliere! Ihr seid schwanger!«

Natalie konnte ihr Glück erst gar nicht fassen. Sie legte die Hände über den Mund und strahlte Lena wie ihre Glücksfee an, die eben ihre drei größten Wünsche auf einmal erfüllt hatte. Dann erst nahm sie Felix in den Arm, der in seinem geschwächten Zustand nur ein mattes Lächeln zu Stande brachte, obwohl er sich kaum weniger freute. Die beiden küssten sich innig. Und Lena kam sich plötzlich ziemlich überflüssig vor.

Eine Krankenschwester störte das traute Glück der beiden Liebenden. Der Verband des Patienten musste gewechselt werden und danach war auch gleich Visite. Natalie verabschiedete sich so zärtlich von ihrem Liebsten als sei es, wenn auch nicht für immer, so doch für eine lange Zeit. Dabei würden sie und Lena nur rasch im Krankenhaus-Café eine Kleinigkeit trinken.

Auf dem Weg dorthin schäumte die werdende Mutter noch immer über vor Glück. Natürlich musste nun auch geheiratet werden, möglichst bald. Lena indes dachte mit Schaudern an das, was Silke über Felix' wirkliche Chancen gesagt hatte: fünfzehn, höchstens zwanzig Prozent. »Felix ist noch nicht über den Berg«, versuchte sie die Euphorie ihrer Freundin ein wenig zu dämpfen, damit die Bäume nicht gleich in den Himmel wuchsen.

»Ich weiß«, gab Natalie, schlagartig ernst werdend, zurück, »aber ich bin lieber seine Witwe als ... gar nichts.« Die ernste Stimmung währte nicht lange. Als die beiden sich im Café gesetzt hatten, war sie schon wieder verflogen.

»Holzknecht hat mich vorhin auf seine Berghütte eingeladen«, erzählte Lena, nachdem sie ihre Bestellung aufgegeben hatten. »Was meinst du: Soll ich mitfahren?«

Natalie lachte. »Ich wusste es! Er ist in dich verknallt!«

»Eben.«

»Fahr mit«, beschwor sie ihre Freundin. »Holzknecht ist ein Gentleman. Der nutzt so eine Situation bestimmt nicht aus. Und wer weiß ...« Sie blinzelte Lena an. Diese machte sofort eine abwehrende Geste, doch Natalie ließ das nicht gelten. »Willst du für den Rest deines Lebens auf Max warten?«

Lena schaute nachdenklich vor sich hin. Sie wartete ja gar nicht auf Max. Sie wünschte nur, er wäre geblieben. Natalie schien offenbar zu glauben, Wilfried wäre eine neue Möglichkeit. Lena fühlte sich nicht in der Lage, überhaupt über eine neue Beziehung nachzudenken, solange sie Max noch im Herzen trug. Doch immerhin bot ein gemeinsamer Erholungsurlaub in den Bergen eine gute Möglichkeit, Wilfried einmal von einer privateren Seite kennen zu lernen.

Während die Bedienung die Getränke brachte, nahm Lena ihr Handy heraus und wählte per Kurzwahl Holzknechts Nummer. »Hallo, Herr Holzknecht«, sagte sie, nachdem er sich gemeldet hatte. »Sind Sie schon unterwegs?«

Wilfried hatte nicht mit ihrem Anruf gerechnet, zumindest nicht so bald schon. Umso erfreuter war er nun. Er war gerade dabei, die Sachen aus dem Büro vom Auto in seine Wohnung zu tragen. »Soll das heißen, Sie kommen mit?« Er bemühte sich, sie seine Freude nicht allzu deutlich spüren zu lassen.

»Ja. Das heißt, wenn Hedda auf Florian aufpasst.«

»Wenn nicht, bringen Sie den kleinen Mann doch einfach mit.«

»Wie auch immer. Können Sie mich in einer Stunde abholen?«

Das machte Wilfried natürlich liebend gern. Hoffnungsvoll blickte er einem Wochenende mit Lena entgegen. Seine Gefühle für sie waren klar. Dennoch wollte er keine Entscheidung erzwingen, denn er spürte wohl, dass sie nicht in ihn verliebt war. Noch nicht. Fürs Erste genügte es ihm, wenn sie ihn einfach besser kennen lernte. Was daraus wurde, blieb allein dem Schicksal überlassen.

Holzknecht wollte gerade mit der letzten Kiste ins Haus, als er Marion Stangls Geschenk entdeckte, das noch immer ungeöffnet auf dem Beifahrersitz lag. Er stellte den Karton auf der Motorhaube ab, nahm es heraus und öffnete es. Unvermittelt trat ein Lächeln auf seine Lippen. Es war eine der Zeichnungen, die er von Lena angefertigt hatte. Offenbar musste die Sekretärin sie beim Entleeren des Papierkorbes gefunden und aufgehoben haben.

Wilfried lächelte. Er musste wieder an das Gespräch denken, das er vor einiger Zeit mit Marion geführt hatte. Darin hatte sie ihn ermuntert, sich um Lena zu bemühen. »Chris Gellert und Max Roemer sind Eroberer«, hatte sie gesagt, »Sie sind ein Belagerer. Am Ende siegen immer die Belagerer.« Wie auch immer, irgendwann musste auch ein Belagerer zur Eroberung ansetzen.

Birgit fragte sich, woher dieses Klopfen kam. Wo befand sie sich überhaupt? Sie drehte sich herum, schlug die Augen auf. Das Schlafzimmer. Sie war in der Villa. Und das Klopfen kam von der Tür. Jemand war draußen. »Frau Meyerbeer«, hörte sie jetzt Inges Stimme. »Ja?«, gab sie müde zurück.

Inge steckte den Kopf zur Tür herein. In ihren Blicken las Birgit Erstaunen, auch Befremden. Inge sieht es, dachte sie. Es ist ja auch nicht zu übersehen. Sie zeigte Schwächen. Sie war der Situation nicht mehr gewachsen. »Ihr Vater ist unten«, teilte Inge mit. »Ich hab ihm gesagt, Sie würden sich nicht so gut fühlen, aber er …«

»Schon gut«, gab Birgit zurück. »Sagen Sie ihm, dass ich in fünf Minuten bei ihm bin. Wie spät ist es eigentlich?«

»Gleich vier.«

Birgit erschrak. Sie hatte sich nur fünf Minuten hinlegen wollen. Aber anscheinend hatte sie mehrere Stunden geschlafen. Und dabei doch keine Erholung gefunden. Im Gegenteil. Sie fühlte sich ausgelaugter als zuvor. »Gehen Sie schon«, sagte sie zu Inge, die ihr mit Skepsis dabei zusah, wie sie sich allmählich im Bett aufsetzte.

»Ja, Frau Meyerbeer.«

Die Tür schloss sich hinter der Sekretärin.

Nach und nach füllte sich die Leere in Birgits Kopf mit bruchstückhaften Erinnerungen. Dr. Holzknecht. Lena. Die Börsenaufsicht. Der Quartalsbericht. Ihr Vater. Und immer wieder Lena.

Birgit stand auf und machte sich im Bad frisch.

Eine Tablette war noch in der Packung, die schluckte sie. Ob sie reichen würde? Sie fühlte sich mit jedem Tag schwächer. Nur die Stimme in ihrem Kopf hatte Kraft.

August wartete im Konferenzraum. Er hatte sich nicht gesetzt, sondern lief unruhig auf und ab. Birgit hörte seine schweren Schritte schon auf der Treppe. Sie hatte Angst. Seit ihrem letzten Gespräch war sie ihm aus dem Weg gegangen. Sie fühlte sich nicht mehr stark genug für seine Art von Kritik. Würde sie ihm heute standhalten?

Die Begrüßung verlief kühl. »Wieso hast du nicht vorher angerufen?«, fragte sie. Sein kritischer Blick erfüllte sie mit Unbehagen.

»Wenn ich angerufen hätte«, entgegnete er, »hättest du mich abgewimmelt.«

Birgit zuckte die Schultern. Er hatte Recht, das hätte sie wohl getan. »Du hast bei unserem letzten Gespräch kein gutes Haar an mir gelassen. Von einem Vater hätte ich eigentlich Liebe und Unterstützung erwartet und nicht diese vernichtende Kritik.«

»Privat kannst du das gerne haben«, versetzte August schroff, »aber im Geschäft zählen nur Fakten, keine Gefühle.« Er trat zu ihr. »Sind die Prüfer noch da?«

Birgit fragte sich, wer es ihm erzählt hatte. Frau Stangl? Dr. Holzknecht? Oder gar Roland? Egal. »Ich weiß es nicht«, sagte sie. »Ich hab geschlafen. Mir geht's heute nicht so gut.«

»Wen wundert's«, versetzte er.

Birgit wandte ihren Blick ab. Sie wusste, was er meinte. Und er wusste, dass sie es wusste.

»Birgit!« Es klang streng und mitfühlend zugleich.

Sie ließ sich seufzend auf einem Stuhl nieder. Das ganze Elend, das sie in sich trug, drängte plötzlich aus ihr heraus, sie konnte sich nicht mehr dagegen wehren. Tränen stiegen in ihre Augen. »Ach, Papa ...!« Es war fast schon ein Schluchzen. »Ich kann nicht mehr«, gab sie zu. »Alles geht daneben. Und alle arbeiten gegen mich.«

Meyerbeer trat neben seine Tochter, legte seinen Arm um sie, beugte sich zu ihr hinab und legte seine Wange an die ihre. »Es ist doch nicht alles danebengegangen«, tröstete er sie, »und es sind auch nicht alle gegen dich. Angesichts der derzeitigen Marktsituation habt ihr euch wacker geschlagen. Du hättest nur nicht alles auf einmal durchsetzen dürfen. Und dann auch noch dieses Jonglieren mit den Zahlen!«

Birgit machte sich los. »Alle haben nur auf einen Misserfolg gewartet. Keiner hat Roland und mir vertraut. Sogar Kruse ist insgeheim zu Lena gelaufen, wie ich jetzt erfahren habe.«

»Und wenn schon«, rief August aus. »Dann hat sie auch noch umsonst für dich gearbeitet. Und Wilfried hat nie auf einen Misserfolg gewartet; er hat davor gewarnt! Das ist ein gewaltiger Unterschied. Aber leider habt ihr den ja auch vergrault. Na ja, sei's drum.« Er klatschte in die Hände. »Wie es aussieht, muss ich wieder aktiver werden. Und als Erstes knöpfen wir uns diese Herren von der Börsenaufsicht vor.«

Birgit sah ihren Vater erstaunt an. Einerseits war sie erleichtert, dass er einen Teil der Last von ihren Schultern nehmen wollte. Andererseits kannte sie ihn gut genug, um zu wissen, dass er dann auch das Sagen haben wollte. Ihr selbst würde das inzwischen nichts mehr ausmachen. Aber was würde wohl Roland dazu sagen? Augusts Eintritt in die aktive Firmenpolitik kam doch einer Entmachtung des bisherigen Vorstands gleich!

»Was ist mit Roland?«, fragte Birgit.

»Der wird das schlucken müssen«, entgegnete ihr Vater knapp. Er reichte ihr ein Taschentuch. »Putz dir die Nase. Und dann auf in den Kampf!«

Birgit konnte nicht anders, sie musste lächeln über den wieder erwachten Tatendrang ihres alten Herrn.

Gemeinsam verließen sie die Villa. Aus der Entfernung sahen sie gerade noch, wie Roland die beiden Ermittler von der Börsenaufsicht verabschiedete. Die Miene, mit der er danach auf Birgit und August zukam, sprach Bände. Es war nicht gut gelaufen.

»Sie behaupten, wir hätten beschissen«, berichtete Roland verärgert. »Und dass Dr. Holzknecht gekündigt hat, lässt uns natürlich noch schlechter aussehen.«

August presste die Lippen aufeinander. »Da gibt's nur eins«, befand er. »Umsätze steigern und Gewinne machen. Darüber vergessen die Aktionäre alles.«

»So leicht ist das aber nicht«, versetzte Roland.

»Ich habe nicht behauptet, dass es leicht sein würde«, entgegnete August, entflammt von neuer Tatkraft. »Es ist sogar verdammt schwer. Aber es ist möglich! Und vor allem: Es ist unsere einzige Chance!«

Natalie zuckte zusammen, als Hedda das Krankenzimmer betrat. Sie hatte an Felix' Mutter keine besonders guten Erinnerungen. In der Zeit ihrer ersten Liebe zu Felix hatte sie stets auf Natalie herabgeblickt, da die nur eine Näherin und damit nicht standesgemäß für ihren Sohn gewesen war. Lena hatte ihr zwar von einer Wandlung Heddas erzählt, aber was bedeutete das für sie?

Hedda legte ihre Handtasche und Jacke auf einem Stuhl ab und trat an das Bett ihres Sohnes. Er schlief jetzt wieder und sah dabei so friedlich aus, dass Heddas Herz schwer wurde. Sie musste daran denken, wie er als Kind oft in Wilhelms Arm eingeschlafen war, während dieser ihm eine Geschichte erzählt hatte.

Natalie kam ans Fußende des Krankenbetts und berichtete ihr, dass der Professor sich nach der Visite sehr zufrieden über den Zustand des Patienten geäußert habe. »Felix hat sogar schon gegessen«, ergänzte Natalie, »und rasiert hab ich ihn auch.«

Hedda sah Natalie prüfend an. Früher hatte sie sie für ein leichtfertiges Mädchen gehalten, das seine Reize nutzte, um sich einen reichen Mann zu angeln. Sie wusste inzwischen, dass das nicht stimmte. Wer aber war diese Natalie Sailer wirklich? Und was wollte sie? »Eines verstehe ich nicht«, sagte Hedda schließlich. »Ich dachte, Sie und mein Sohn hätten sich getrennt.«

»Das haben wir auch«, antwortete Natalie. »Aber ich kann ihn doch nicht im Stich lassen, jetzt, da es ihm so schlecht geht. Es scheint so, als habe uns das alles wieder zusammengebracht. Ich weiß jetzt erst, wie sehr ich ihn liebe. Sobald es Felix besser geht, will ich ihn heiraten.«

Hedda war im ersten Moment sprachlos. »Sie wissen doch, dass er ...«

Natalie nickte. »Das ändert nichts an meiner Liebe.«

Hedda war tief bewegt von so viel Herzensgüte und Aufrichtigkeit. Sie schämte sich, jemals schlecht von Natalie gedacht zu haben. Wie um Abbitte zu leisten, nahm sie die junge Frau dafür jetzt umso herzlicher in ihre Arme. »Felix hätte keine bessere Frau finden können«, sagte sie, den Tränen nahe.

Auch Natalie bekam feuchte Augen und bedankte sich für die herzlichen Worte. Dann aber verabschiedete sie sich, drückte dem schlafenden Felix einen Kuss auf die Lippen und ließ ihn in der Obhut seiner Mutter zurück.

Vor dem Krankenhaus wartete Uwe gegen seinen Wagen gelehnt auf sie. Als sie ihn sah, bekam sie weiche Knie. Es war nicht fair, ihn noch länger im Ungewissen zu lassen. Zunächst hatte sie ihm die Veränderung erklären wollen. Er sollte verstehen, warum sie so handeln musste. Doch wie sollte sie etwas erklären, das sie selbst nicht verstand, zumindest nicht mit dem Kopf, sondern nur mit dem Herzen?

Als Uwe Natalie kommen sah, löste er sich von seinem Wagen. Er wollte sie zur Begrüßung küssen, doch sie ließ es nicht zu. »Wir müssen reden«, sagte sie ernst.

Uwe ahnte Schlimmes.

»Ich hab dich unheimlich gerne«, begann sie, vollendete den Satz aber nicht, weil sie davor zurückschreckte, ihm wehzutun. Da es sich aber ohnehin nicht vermeiden ließ, war es am besten, wenn sie einfach die Wahrheit sagte. »Felix und ich werden heiraten.« Das war die Wahrheit. Und sie war unabänderlich.

Fassungslos stand Uwe da. »Du spinnst doch«, sagte er heiser.

»Total.« Es klang, als sei sie auch noch stolz darauf.

Das war zu viel für ihn. Ungläubig schüttelte er den Kopf. Als er allmählich begriff, wie ernst es ihr war, wurde er von hilfloser Wut ergriffen. Sie richtete sich jedoch nicht auf Natalie, das dumme Ding, sondern auf Felix. Er musste irgendetwas mit ihr gemacht haben. Sie mochte manchmal in ihrer Impulsivität ein wenig naiv wirken, aber sie war keineswegs dumm. Niemals würde sie sich aus freien Stücken für den Rest ihres Lebens an einen Menschen ketten, der ihr bisher nur Unglück und Leid gebracht hatte. Es war eine Ungeheuerlichkeit, dass es dieser Mensch wagte, sich Natalies Gutmütigkeit und ihr weiches Herz zu Nutze zu machen.

Uwe lief an Natalie vorbei ins Krankenhaus. Eine Schwester auf Felix' Station teilte ihm bereitwillig mit, in welchem Zimmer er lag. Er stürmte hinein. Als er an das Bett des Kranken trat, öffnete dieser die Augen.

»Wie können Sie Natalie das antun!«, schrie Uwe ihn an. »Jahrelang haben Sie sie benutzt, belogen und betrogen! Und jetzt, wo Sie auf der Schnauze liegen, ist sie Ihnen auf einmal wieder gut genug. Wenn Sie auch nur einen Funken Anstand im Leib haben, lassen Sie sie gehen, damit sie ihr eigenes Leben leben kann.«

Ehe Felix, der noch immer schlaftrunken war und deshalb kein Wort begriffen hatte, sich erklären konnte, was los war, stürmte auch schon Natalie herein. Gleich nach ihr kam Hedda, die für ihren kranken Sohn eine Kanne Tee besorgt hatte. Sie betrachtete die Szene kaum weniger verständnislos als ihr Sohn.

»Es tut mir so Leid!«, rief Natalie und zog Uwe weg.

Der machte sich mit einer heftigen Bewegung los. Ohne jemanden eines Blickes zu würdigen, rannte er aus dem Zimmer. Natalie folgte ihm auf den Flur. Doch sie sah nur noch, wie er im Aufzug verschwand. Ein letzter Blick, dann schlossen sich die Türen. Sie verlangsamte die Schritte. Armer Uwe, dachte sie. Sie wusste selbst, wie das alles auf ihn wirken musste. Aber sie konnte es nun mal nicht ändern.

Traumhochzeit

Das Klingeln an der Haustür wollte nicht aufhören. Dabei war es erst sieben Uhr morgens. Verärgert über die frühe Störung eilte Roland, der in der Küche gerade Frühstück machte, an die Tür. Ewald Kunze stand vor ihm. Seine Miene war ernst und vorwurfsvoll. »Was ist denn in Herrgottsnamen?«, fragte Roland genervt.

»Das hier«, entgegnete Kunze und reichte ihm den Wirtschaftsteil der druckfrischen Ausgabe des *Augsburger Anzeiger.*

Roland hielt den Atem an. *Augsburger Modefirma ACF AG der Kursmanipulation beschuldigt,* las er. »Verdammt«, entfuhr es ihm. »Tja«, sagte Kunze nur und es klang ein wenig wie: Das kommt davon.

Roland ließ ihn stehen und eilte die Treppe hinauf. Er übersprang mit jedem Satz zwei Stufen. Oben angekommen, klopfte er kurz gegen die Badezimmertür, wartete jedoch nicht auf Antwort, sondern trat sofort ein. Birgit lag mit geschlossenen Augen in der Badewanne und genoss die Wärme des Wasser und den Lavendelduft ihres Badezusatzes. »Nur noch fünf Minuten«, bat sie Roland.

»Die Zeit haben wir nicht«, entgegnete er ernst und hielt ihr die Zeitung vor das Gesicht. »Es ist fünf vor zwölf.«

Erst jetzt öffnete Birgit die Augen. Als ihr Blick auf die Schlagzeile fiel, erschrak sie. Sie setzte sich auf und nahm die Zeitung. Während sie den Artikel las, in dem auch von Aktienkäufen und -verkäufen durch die Geschäftsleitung berichtet wurde, lief Roland nervös vor der Badewanne auf und ab. »Das ist eine Ungeheuerlichkeit!«, schimpfte er. »Es gibt noch nicht mal ein endgültiges Untersuchungsergebnis.«

Birgit bat ihn, ihr den Bademantel zu reichen. Sie schlüpfte hinein und stieg aus der Wanne. »Wir müssen eine Gegendarstellung veröffentlichen«, schlug Roland unterdessen vor.

»Darüber reden wir, wenn ich mich fertig gemacht habe«, entgegnete Birgit. Sie hatte heute noch keine ihrer Pillen geschluckt.

Roland mahnte zur Eile, denn sobald die Meldung die Runde gemacht hatte, würde das Telefon nicht mehr stillstehen. Der Gedanke war kaum ausgesprochen, da drang auch schon das Klingeln des Telefons herauf.

Obwohl Birgit sich bemühte, die Angst in ihrem Innern nicht nach außen dringen zu lassen, erkannte Roland die kleinen Anzeichen der Verunsicherung. Er bedauerte, sie mit diesen schlechten Nachrichten einfach überfallen zu haben. Um die Angst zu beschwichtigen, fasste er sie behutsam mit seinen Händen an den Schultern. »Wir werden auch das durchstehen«, versicherte er und küsste sie. Birgit nickte verhalten. Doch kaum hatte er sich abgewandt, erstarb das Lächeln auf ihrem Gesicht.

Die Tür hatte sich kaum hinter Roland geschlossen, da kramte sie schon die Pillen aus dem Wäschekorb. Nicht nur ihre Hände zitterten, sondern ihr ganzer Körper. Ohne *Colportin X* würde sie die nächsten Stunden nicht überstehen, geschweige denn den ganzen Tag. Hastig schob sie zwei Tabletten in den Mund und spülte sie mit Wasser aus ihrem Zahnputzglas hinunter. Gleich würde sie sich besser fühlen. Da zerriss ein Klirren im Waschbecken die Stille. Birgit wusste erst selbst nicht, was die Ursache war, bis sie begriff, dass ihr das Glas entglitten und beim Aufprall zu Bruch gegangen war. Die Tür flog auf, Roland stand da und sah sie besorgt an. »Es ist nichts«, beruhigte sie ihn. »Mir ist nur das Glas aus der Hand gerutscht.«

Obwohl Roland eine merkwürdige Unsicherheit in ihren Augen fand, konnte er dem jetzt nicht nachgehen, denn in diesem Moment klingelte auch noch sein Handy. Er lief in die Küche, wo es auf der Anrichte lag und ging dran. Es war August. Er hatte den Artikel ebenfalls gelesen und schärfte Roland ein, weder Interviews noch Pressemitteilungen herauszugeben. »Aber wir können das doch nicht einfach so stehen lassen«, widersprach dieser heftig.

»Und ob wir können! Was schert sich eine deutsche Eiche. Wir lassen Taten sprechen. Umsatz!«

Roland hatte sich inzwischen etwas beruhigt. »Lass uns das später im Büro besprechen«, meinte er nur noch. »Birgit hat da auch ein Wort mitzureden.« Damit war das Gespräch beendet.

Nachdenklich ging Roland in der Küche auf und ab. Er fragte sich, woher die Presse von den Ermittlungen gegen die *ACF* wusste. Von den Ermittlern der Börsenaufsicht vermutlich nicht, denn man mochte gegen die beiden Herren sagen, was man wollte, sie waren in allem korrekt gewesen. Sollte die Quelle des Berichts etwa identisch mit dem anonymen Denunzianten sein, der die Ermittlung überhaupt erst ins Rollen gebracht hatte? Das würde bedeuten, dass jemand aus der Firma ein Spiel spielte, das für sie alle einen verheerenden Ausgang zeitigen konnte. Obwohl Dr. Holzknecht es abgestritten hatte, war er in seinen Augen die Nummer eins auf der Liste der Verdächtigen.

Roland wartete, bis Birgit herunterkam, versicherte sich, dass mit ihr wirklich alles Ordnung war, dann verließ er die Villa, um am Bahnhof sämtliche Zeitungen holen, deren er habhaft werden konnte. Uwe Waitz bot in seinem Kiosk ja nur die eingängigen Blätter an, die von den einfachen Arbeitern gelesen wurden. Er aber musste wissen, welche Kreise die Meldung schon in einer breiteren Öffentlichkeit gezogen hatte.

Roland war kaum fort, als Inge Fabian die Villa betrat. Birgit wies sie in gereiztem Ton an, alle Anrufer abzuwimmeln. »Darf man fragen, wieso?«, wollte die Sekretärin wissen.

»Darf man nicht«, versetzte Birgit und ließ die Türen des Konferenzzimmers zuknallen.

Nervös lief sie vor dem Besprechungstisch auf und ab. Ihr Laptop stand zugeklappt an ihrem Arbeitsplatz. Sie konnte sich nicht überwinden, nach dem Kurs zu sehen. Wenn diese Meldung erst einmal bis zu den Anlegern durchgedrungen war, und das ging an der Börse bekanntlich ziemlich schnell, würde die Aktie fallen, wahrscheinlich bis weit unter zehn Euro.

Sie hörte einen Wagen vorfahren und trat ans Fenster. Es war der BMW ihres Vaters. Wenig später vernahm sie schon seine polternden Schritte auf der Treppe. Sie fühlte sich unbehaglich, ein flaues Gefühl breitete sich in ihrem Bauch aus. Seit einiger Zeit fühlte sie sich der Präsenz ihres Vaters immer weniger gewachsen, sie erschien ihr zunehmend bedrohlich.

Ohne anzuklopfen stürmte er herein. »Wo ist Roland?«, fragte er ohne einen Gruß. Seine Laune entsprach ganz den jüngsten Ereignissen.

»Am Bahnhof, die anderen Zeitungen besorgen«, teilte Birgit mit. »Er müsste gleich wieder da sein.«

»Ich hoffe, ihr habt nichts unternommen.«

Birgit schüttelte den Kopf. Ihr Blick fiel auf eine Mappe, die auf dem Tisch lag. Die ersten Aufnahmen für die neue Werbekampagne. »Schau mal«, sagte sie, holte zwei Bögen mit Dias heraus und reichte einen ihrem Vater. »Für die neue Kampagne.«

August warf nur einen beiläufigen, desinteressierten Blick darauf. »Nett«, befand er.

»Die sind sensationell!«, fuhr Birgit auf. »So muss meine Exklusiv-Linie präsentiert werden.«

Er schaute sie ungläubig an. Glaubte sie wirklich, sie könne ihn mit ein paar Fotos von den aktuellen Problemen ablenken? »Schalte lieber deinen Computer ein und check den Kurs«, forderte er sie auf.

»Wie werden wir schon stehen«, gab seine Tochter zurück. »Willst du dir das wirklich antun?«

August warf ihr nur einen strengen Blick zu, dann tat sie, was er wollte. Während sie sich noch ins Internet einwählte, vernahm sie Rolands Schritte auf der Treppe. Kurze Zeit später stand er mit einem Stapel überregionaler Zeitungen und am heutigen Tag erschienener Wirtschaftsmagazine im Raum. Er warf sie auf den Tisch und begann zusammen mit Birgit, sie zu durchforsten. August setzte sich unterdessen an den Computer und fragte den Aktienkurs ab. »Sieben Euro runter«, brummte er. »Aktueller Stand: 11,20. Tendenz: weiter fallend.«

»Das ist ja merkwürdig«, sagte Roland, nachdem er die Wirtschaftsteile mehrerer Zeitungen durchgeblättert hatte, »rein gar nichts.«

»Bei mir auch nicht«, ergänzte Birgit.

Am Ende stand fest, dass allein der *Augsburger Anzeiger* die Meldung gebracht hatte, was nur einen Schluss zuließ: Der Informant hatte sich nur an diese eine Zeitung gewandt. Also war die undichte Stelle nicht bei der Börsenaufsicht zu suchen, denn dort hätte man bestimmt ein bedeutenderes Blatt für die Veröffentlichung gewählt. Der Denunziant war demnach, wie Roland es bereits befürchtet hatte, in der Firma und ihrer Umgebung zu suchen.

»Ich will wissen, wer das war«, sagte er entschlossen und wandte sich an August. »Du kennst doch den Verleger des *Anzeigers*. Kannst du ihn nicht mal anrufen?«

»Eins nach dem anderen«, entgegnete Meyerbeer. »Erst sollten wir uns eine Strategie zurechtlegen. Heute steht in den überregionalen Zeitungen zwar noch nichts, aber morgen werden die sich wie die Aasgeier darauf stürzen.«

Da hatte Birgit eine Idee. Startete nicht in einer Woche die neue Werbekampagne? »Vielleicht können wir in unseren Anzeigen irgendwie auf diese Meldungen eingehen«, schlug sie vor.

August und Roland sahen sie unschlüssig an. Die beiden konnten sich nur schwer vorstellen, wie sich eine Gegendarstellung und eine Modeanzeige verbinden ließen, ohne dass die beiden Botschaften sich gegenseitig schwächten. Aber eine Überlegung war es immerhin wert, denn wer las schon konventionelle Gegendarstellungen?

Während August zum Telefon griff, um ausfindig zu machen, wo sich der Verleger des *Augsburger Anzeigers* derzeit aufhielt, wandte Roland sich einer anderen Sache zu, die er Birgit eigentlich heute Morgen hatte nahe bringen wollen, wäre ihm nicht diese dumme Angelegenheit dazwischengekommen.

Seit ein paar Tagen stand fest, dass Felix und Natalie an diesem Tag heiraten wollten. Natalie hatte auf diese Eile gedrängt, angeblich nur, weil sie es nicht erwarten konnte, Felix' Frau zu werden, doch in Wahrheit sicher auch, weil trotz des bisher äußerst günstigen Genesungsverlaufs immer noch jederzeit mit allem gerechnet werden musste. Die standesamtliche Zeremonie sollte im Krankenhaus stattfinden, ganz ohne Gäste. Dennoch waren Trauzeugen erforderlich. Felix hatte Roland wissen lassen, er wünsche sich Lena und Birgit. Was ihn ausgerechnet zu dieser Wahl bewog, war nur allzu leicht zu durchschauen: Er wollte die beiden Frauen einander wieder näher bringen.

Noch während Meyerbeer sein Telefonat führte, fiel ihm das Getuschel seiner Tochter mit Roland auf, ohne dass er hätte heraushören können, worum es dabei ging. Nachdem er aufgelegt hatte, fragte er nach. Roland setzte ihn mit wenigen Worten in Kenntnis. August wusste nicht, worüber er mehr staunen sollte: dass Felix in seinem Zustand heiratete, oder über den Coup, den er sich ausgedacht hatte. »Geh hin!«, befahl er seiner Tochter.

»Ich will Lena aber nicht sehen«, wehrte diese ab. »Jetzt schon gar nicht, wo wir mit der Firma so schlecht dastehen.«

»Kind, nimm doch endlich Vernunft an! Soll das ewig so weitergehen?«

Birgit sprang auf, entfernte sich ein paar Schritte vom Tisch und wandte ihrem Vater wie ein bockiges Kind den Rücken zu. Roland gab August mit einer Geste zu verstehen, er solle ihm die Sache überlassen. Auch Roland war ja längst zu der Überzeugung gekommen, dass Birgits Feindschaft mit Lena nicht nur für die Firma schädlich war, sondern auch für Birgit selbst. Komplizenhaft lächelten sich die beiden Männer zu. Dann ließ August die beiden allein.

Ein Himmel wie aus hellblauer Seide spannte sich über der idyllischen Bergwelt der Alpen auf. Hier wurde die Zeit nicht bestimmt von den Zeigern der Uhr, sondern vom gemächlichen Lauf der Gestirne. Inmitten der Berge lag ein kleiner von Gebirgsbächen gespeister See, dessen ungetrübtes, stilles Wasser das Blau des Himmels widerspiegelte. Wilfried Holzknecht hatte sich auf einem Stein am Ufer niedergelassen und hielt seine Angel ins Wasser. Er genoss den Frieden in dieser atemberaubenden Umgebung. Manchmal bemerkte er an einem der steilen Abhänge ein paar Gämsen. Dann nahm er seinen Feldstecher zur Hand und beobachtete die scheuen Tiere. Und obwohl nichts Spektakuläres daran war, fühlte er dabei eine vollkommene Zufriedenheit.

Seit mehreren Tagen weilten er und Lena nun schon in dieser wundervollen Umgebung. Sie waren sich dabei näher gekommen, wenn auch nicht so nahe, wie Wilfried es sich insgeheim gewünscht hatte. Dennoch war er glücklich. Er glaubte, eine wachsende Zuneigung zu ihm bei ihr zu bemerken. Wie sie ihn manchmal anschaute, wenn sie abends noch bei einem Glas Wein vor der Hütte saßen, sich gegenseitig Geschichten aus ihrem Leben erzählten oder er ihr die Sternbilder am Himmel erklärte. Ob die Zuneigung freilich schon groß genug war, dass er sie auch hätte berühren dürfen, wusste er nicht. Und um die sich aufbauende Nähe nicht zu gefährden, hielt er es für besser, diesen Wunsch in sich zu unterdrücken.

Ein Stück von ihm entfernt lag Lena auf einer Decke und las in einem Buch. Um sie herum summten Bienen, Heuschrecken sprangen in hohem Bogen von einem Halm zum nächsten. Manchmal blickte sie aus ihrer Lektüre auf und schaute zu Wilfried hinüber.

Er war wirklich ein feiner Kerl. Sie hatte ihn in den letzten Tagen auf eine neue Weise schätzen gelernt. Dass er sie, obwohl er in sie verliebt war, nicht bedrängte, rechnete sie ihm hoch an. Sie war noch zu sehr in ihre Gefühle für Max verwickelt, um schon zu wissen, ob zwischen ihr und Wilfried überhaupt die Möglichkeit einer Liebesbeziehung bestand. Aber ihr war auch bewusst, dass er diese Distanz vielleicht nicht mehr lange würde aufrechterhalten können, denn niemand konnte auf Dauer seine Gefühle verleugnen.

Das Klingeln von Wilfrieds Handy platzte in die friedliche Stille hinein. Es wirkte wie ein Fremdkörper aus einer anderen Welt. Wilfried nahm ab, um gleich darauf Marion Stangls besorgte Stimme zu vernehmen. »Haben Sie heute schon Zeitung gelesen?«, fragte sie.

Wilfried lachte. »Was ist das, eine Zeitung?«, scherzte er.

Daraufhin las Marion ihm die bedrohliche Überschrift im *Augsburger Anzeiger* vor, um ihn sogleich dazu zu drängen, nach Augsburg zu kommen und sich der Sache anzunehmen. »Schon vergessen?«, entgegnete Holzknecht amüsiert. »Ich arbeite nicht mehr für *Althofer*. Aber wenn August sich mit mir beraten will, kann er mich gerne anrufen. Machen Sie es gut.«

Damit beendete er das Gespräch. Lena hatte mitgehört und sich ihren Reim auf das Gesprochene zu machen versucht. Nun kam sie zu Wilfried. »Was ist passiert?«, fragte sie.

»Es ist an die Öffentlichkeit gedrungen, dass die Prüfer in der Firma waren«, teilte Wilfried mit. »Aber davon sollten wir uns den Tag nicht verderben lassen.«

Lena sah das anders. »Lass uns zurückfahren«, bat sie ihn. »Außerdem heiratet heute Abend Natalie, und ich bin ihre Trauzeugin. Hast du das vergessen?«

Wilfried seufzte. »Nicht vergessen, aber verdrängt.«

»Ein paar Stunden bleiben uns ja noch«, tröstete sie ihn.

»Stimmt. Und die sollten wir nicht mit etwas so Ärgerlichem verschwenden.«

Lena ließ ihren Blick über den See schweifen. Er hatte Recht. Es war eigentlich zu schön hier, um sich trüben Gedanken hinzugeben. Dennoch spürte sie, dass der Frieden in ihrem Innern, den sie in den letzten Tagen so sehr genossen hatte, bereits gestört war.

Während sie auf den See hinausschaute, blieben Wilfrieds Augen unverwandt auf Lena gerichtet. Die ganze Zeit über hatte er ihr schon sagen wollen, wie er für sie empfand, es dann aber immer wieder auf einen möglicherweise günstigeren Zeitpunkt verschoben. Jetzt wurde ihm bewusst, dass ihm nicht mehr viel Zeit blieb, wenn er die harmonische Stimmung des gemeinsamen Kurzurlaubs für sich nutzen wollte. Er wollte eben ansetzen, etwas zu sagen, als Lena sich abwandte, zu ihrer Decke ging und ihre Sachen zusammenpackte. Bedrückt ließ Wilfried sich auf seinem Stein nieder. Wieder nichts!

Lena kehrte alleine zur Hütte zurück. Diese bot zwar keinen besonderen Komfort, war aber mit allem Nötigen versehen. Und je mehr Zeit Lena hier verbrachte, desto mehr fiel ihr auf, wie wenige Dinge sie wirklich brauchte. Um die Sonne und das Panorama noch ein letztes Mal zu genießen, setzte sie sich auf die Bank vor dem Haus.

Es dauerte nicht lange, bis Wilfried ebenfalls zurückkam. Er blieb bei Lena stehen, sein Schatten fiel auf sie. »Also, ich könnte ewig hier mit dir in dieser Hütte hausen«, sagte er lächelnd. »Und das will was heißen. Ich halte es ansonsten nämlich nicht so lange mit einem Menschen auf engem Raum aus.«

Lena nickte. »Wir hatten wirklich eine schöne Zeit. Wenn du noch bleiben möchtest, müsstest du mich nur ins Tal bringen, dann könnte ich mir einen Mietwagen nehmen.«

»Kommt gar nicht in Frage«, versetzte Wilfried. »Es ist nur …« Er verstummte.

»Was?«

»Ach, nicht so wichtig.«

Lena erhob sich. »Ich pack schon mal meine Sachen.«

Sie verschwand nach drinnen. Holzknecht schüttelte den Kopf. Wieso brachte er es einfach nicht fertig? Aber er wusste ja eigentlich ganz genau, wovor er Angst hatte. Sicher war er nicht ihr Traumtyp. Was würde also passieren, wenn sie seine Liebe zurückwies?

Lenas Schlafzimmer war nur ein winziger Raum. An den mit Holz vertäfelten Wänden hingen Heiligenbilder, die zu dem rustikalen Ambiente ausgezeichnet passten. Wilfried hatte die Hütte in fast allem so belassen, wie er sie vom Vorbesitzer übernommen hatte.

Nachdem Lena ihre Reisetasche gepackt hatte, fiel ihr ein, dass im Regal in der Wohnstube noch ein paar ihrer Bücher lagen. Als sie sie holte, bemerkte sie im untersten Fach einen umgedrehten Bilderrahmen. Sie konnte nicht widerstehen und drehte ihn um. Es war eine der Zeichnungen, die ihr Frau Schäufele gezeigt hatte. Lena fühlte sich seltsam dabei: einerseits geschmeichelt, andererseits irgendwie peinlich berührt. Nachdenklich legte sie das Bild wieder zurück, genau so, wie sie es gefunden hatte.

Natalie fieberte dem großen Ereignis entgegen. Der Gedanke, dass sie heute Abend schon Frau Althofer war, verursachte ein Prickeln, befremdete sie aber auch. Wie würde sich ihr Leben dadurch verändern? Aber wie auch immer, von Bedeutung war ohnehin nur eins: Sie würde endlich auch offiziell mit Felix vereint sein.

Am Morgen holte sie ihr Brautkleid in Kruses Atelier ab. Der Designer hatte es entworfen, Emma hatte es genäht. Es war ein Traum. Emma meinte bei der Anprobe zwar ein wenig despektierlich, es gleiche der Schwesternkluft in einer Nobelklinik für das englische Königshaus, doch Kruse konterte schlagfertig, dies sei ja genau die Absicht, denn die Trauung fände schließlich in einem Krankenhaus statt. Natalie machte sich nichts aus Emmas Kritik. Emma hatte ja immer etwas zu meckern. Aber das hinderte sie nicht daran, Natalie aufrichtig Glück zu wünschen, wobei sogar eine Träne in ihrem Auge glänzte.

In Natalies Glück gab es nur einen Wermutstropfen. Sie konnte Uwes Auftritt im Krankenhaus nicht vergessen. Ihr war schmerzlich bewusst, dass er zwar Felix beschimpft, eigentlich aber sie gemeint hatte. Und seine Vorwürfe waren ja nicht unberechtigt. Sie verstand seinen Zorn und seine

Enttäuschung nur zu gut. Wie hätte er anders empfinden sollen?

Dennoch wollte sie nicht, dass sie auf diese Weise auseinander gingen. Schon gar nicht wollte sie mit dem bedrückenden Gefühl unverziehener Schuld auf der Seele die Trauung vollziehen. Sie musste unbedingt noch einmal mit Uwe sprechen. Am Abend zuvor hatte sie ihn bereits angerufen, doch kaum hatte sie ihren Namen gesagt, hatte er schon aufgelegt. Hasste er sie etwa? Sie musste das unbedingt wissen. Von Kruse hatte sie erfahren, dass er mit Chris bei einem Foto-Shooting für Birgits Exklusiv-Linie im Augsburger Textilmuseum war.

Die Aufnahmen wurden in einem Raum gemacht, in dem alte Webstühle ausgestellt waren. Natalie blieb am Eingang stehen und beobachtete Uwe dabei, wie er auf Chris' Anweisung gerade einen Scheinwerfer umstellte. Als er Natalie bemerkte, gefror seine Bewegung schlagartig. »Was ist denn?«, fragte Chris hektisch, dem es bei der Arbeit nie schnell genug gehen konnte. Dann folgten seine Augen der Blickrichtung seines Freundes. Natalie war unterdessen näher getreten. »Na schön«, sagte Chris zu Uwe. »Aber nur kurz, ja? Wir haben heute noch ein Riesenprogramm vor uns.«

Uwes Miene blieb eisig, als er auf Natalie zuging. Ihn so verschlossen zu sehen, ohne das geringste Anzeichen eines Gefühls für sie, brach ihr fast das Herz.

»Ich muss unbedingt noch mal mit dir reden«, sagte sie.

»Was gibt's denn noch zu reden?«, versetzte er unversöhnlich. »Du hast dich entschieden. Das war's.«

»Wieso hast du gestern einfach aufgelegt?«

»Was hätte ich denn sagen sollen? ›Wunderbar‹ und ›viel Glück‹?«

Natalie senkte den Kopf. Das konnte sie wirklich nicht erwarten, obwohl sie gewünscht hätte, Uwe hätte den Großmut für genau diese Worte besessen. »Vielleicht hättest du ja wenigstens sagen können«, meinte sie zögernd, »dass du mich trotz allem immer noch irgendwie gern hast und mir wenigstens nichts Böses wünschst, wenn du mir schon kein Glück wünschen kannst.«

Uwe sah sie an und atmete dabei tief durch. Was glaubte sie denn? Kannte sie ihn wirklich so wenig? »Ich wünsch dir doch nichts Böses«, kam es etwas versöhnlicher. »Aber über eins musst du dir im Klaren sein: Wenn es schief geht, brauchst du bei mir gar nicht erst anzukommen.«

»Es wird nicht schief gehen!«, entgegnete Natalie rasch. Sie trat einen Schritt an ihn heran und dämpfte die Stimme, als sie hinzufügte: »Ich krieg ein Kind von Felix. In der Nacht vor seiner Operation waren wir zusammen.« Sie atmete erleichtert auf. »So, jetzt ist es heraus. Bitte verzeih mir, aber ich konnte nicht anders. Und ich hoffe, du ... du ...«

Ihre Gefühle überwältigten sie. Tränen traten in ihre Augen.

Wie sehr auch immer sie ihn verletzt haben

mochte, Uwe konnte sie einfach nicht leiden sehen. Deshalb überwand er all seine Enttäuschung und seinen Zorn, legte seinen Arm um ihren Nacken und zog sie an seine Brust. »Ist ja gut«, besänftigte er sie, »ist ja gut.«

»Ich will dir doch nicht wehtun«, schluchzte sie. »Du bist doch mein Uwe ...!«

Er streichelte ihren Rücken. Was sollte er auch anderes tun? Er hatte sie noch immer viel zu gern. Umso schlimmer war es, tatenlos mit anzusehen, wie sie in ihr Unglück lief. Denn für ihn war klar, dass die Sache kein gutes Ende nehmen konnte. Natalie war viel zu lebenslustig, um es an der Seite eines kranken Mannes auszuhalten, noch dazu eines Egoisten wie Felix.

Allmählich beruhigte Natalie sich wieder. Dass er doch noch ein wenig Zärtlichkeit für sie übrig hatte, tröstete sie. Schließlich löste sie sich von ihm. Ihre Augen waren noch gerötet, doch auf ihrem Gesicht lag ein erleichtertes Lächeln.

Chris hatte die Szene aus dem Augenwinkel beobachtet. Als er Natalie nun weinen sah, kam er näher. »Alles klar?«, fragte er besorgt. Natalie nickte und putzte sich die Nase. Da das Schlimmste offenbar vorüber war, nutzte Chris die Gelegenheit, um nach Lena zu fragen. Zu seiner Überraschung erfuhr er, dass sie mit Dr. Holzknecht auf einer Hütte in den Bergen war. »Mit Dr. Holzknecht?«, fragte er ungläubig nach.

»Da läuft nichts«, gab Natalie ein wenig genervt zurück. »Er ist nur ein guter Freund.« Und wenn sich inzwischen daran etwas geändert haben sollte, dachte sie, dann geht dich das gar nichts an.

Sie wandte sich wieder Uwe zu, dankte ihm noch einmal und gab ihm einen Abschiedskuss auf die Wange. Dann verließ sie das Museum.

Nun konnte sie nichts mehr davon abhalten, ihren Felix zu sehen. Mit dem in einem Kleidersack eingepackten Hochzeitskleid über dem Arm schritt Natalie zum Eingang der Klinik. Dabei lief sie fast in Roland hinein, der gerade von einem Besuch bei seinem Bruder kam. »Aufgeregt?«, fragte er lächelnd.

»Kann man wohl sagen«, antwortete sie und erkundigte sich nach Felix' Befinden an diesem Tag.

»Wie könnte es ihm am Tag seiner Hochzeit schlecht gehen? Einen Wermutstropfen gibt es allerdings. Ich glaube nicht, dass Birgit kommt.«

Natalie zuckte die Schultern. Sie hatte nichts dagegen, wenn Birgit der Trauung fernblieb, denn seit sie die Macht in der Firma hatte, war es häufig zum Streit gekommen. Birgits Verdacht, Lenas frühere Mitarbeiter sabotierten sie, hatte neben Waltraud vor allem ihr gegolten. Und was Felix sich ausrechnete, konnte in ihren Augen sowieso nicht aufgehen.

Roland bot an, als Trauzeuge einzuspringen, Natalie dankte ihm, wollte das aber nicht ohne Felix bestimmen. Im Übrigen hatte ihr Bräutigam inzwischen unter den Schwestern genügend Verehrerinnen, die notfalls gerne kurzfristig einspringen würden. Ehe die Wege der beiden sich trennten, drückte Roland seine künftige Schwägerin an sich. »Freut mich, dass du bald zur Familie gehörst«, sagte er. Natalie war glücklich, auch wenn sie sich fragte, ob die Freude bei ihm ebenso groß gewesen wäre, wenn Felix sich nicht in dieser schlimmen Lage befunden hätte.

Als sie endlich bei ihrem Felix war, war das alles vergessen. Sie küsste ihren Liebsten, schwärmte von ihrem wunderbaren Hochzeitskleid und war ganz außer sich wegen der bevorstehenden Trauung. »Ich liebe dich so sehr«, sagte sie. »Was soll ich nur machen?«

Voller Rührung sah Felix sie an. Er streichelte ihr zärtlich das dunkle Haar aus der Stirn. »Dann willst du immer noch?«, fragte er. »Wenn du Zweifel hast, blasen wir alles ab. Ich bin dir bestimmt nicht böse.«

Dafür wurde Natalie böse. »Spinnst du?«, stieß sie aus. »Ich kann es kaum erwarten, deine Frau zu werden.« Doch schon war sie ihm wieder gut und küsste ihn. »Wo bleibt eigentlich Lena?«, wollte sie schließlich wissen.

»Die kommt schon noch. Sie weiß ja nichts davon, dass Birgit auch da sein wird.« Ein spitzbübisches Lächeln umspielte bei diesen Worten Felix' Lippen.

»Ich dachte, Roland hätte es dir gesagt«, kam es von Natalie. »Birgit kommt nicht.«

Das hatte Roland ihm in der Tat mitgeteilt. Überzeugt freilich hatte es ihn nicht. »Sie wird kommen«, beharrte er. »Ich kenne Birgit besser, als sie sich selbst kennt. Es wird ihr keine Ruhe lassen, dass man ihr das Fernbleiben als Angst oder gar Gefühlskälte auslegen könnte. Immerhin heiratet ein Sterbenskranker!« Das Lachen auf seinen Lippen passte nicht zu diesen Worten.

Natalie sah ihn vorwurfsvoll an. Sie konnte es nicht haben, wenn er so redete. Sie hatten beide noch ein langes, glückliches Leben vor sich. Nichts und niemand würde sie von etwas anderem überzeugen können.

Ihre Miene hellte sich gleich wieder auf. Sie holte ein kleines würfelförmiges Etui aus ihrer Handtasche und klappte es auf. »Das sind unsere Ringe«, sagte sie. »Ich hab etwas eingravieren lassen.« Sie nahm einen der beiden Ringe heraus und reichte ihn Felix. *Für immer und ewig,* las er auf der Innenseite. »Ewig ist ein bisschen lang«, scherzte er, »aber für immer – darauf kann ich mich einlassen.«

Natalie lachte und küsste ihn. Nach kurzer Zeit löste sie sich wieder von ihm. »Ich geh mal und ruf Lena an«, ließ sie ihn wissen. »Wo bleibt sie nur?«

Wilfried stellte den Motor ab. Die ganze Fahrt über hatten sie über allerlei gesprochen: Felix und Natalie, die Firma, Birgit – doch er war nicht im Stande gewesen, die Sache, die ihm am meisten auf dem Herzen lag, zur Sprache zu bringen. Immer war es ihm irgendwie unpassend erschienen, während die Zeit verflog. Ihm wurde klar, dass er auf den Moment, in dem ihm das, was er zu sagen hatte, wie von selbst über die Lippen gehen würde, vergebens wartete. So gesehen war ein Moment so gut wie jeder andere.

»Es gibt da noch etwas«, sagte er, als das Schweigen schon fast zu lange gedauert hatte und Lena anfing, unruhig zu werden.

»Ja?«

Er sah in ihre wundervollen blauen Augen, die schöner und reiner leuchteten als der Himmel über seinem geliebten Bergsee. Erwartungsvoll sah sie ihn an.

»Ich wollte das schon länger loswerden«, setzte er an, »aber du … ich meine, nicht du, sondern die Situation … na, wie auch immer, ich hab es jedenfalls nicht fertig gebracht …«

»Jetzt sag schon«, drängte ihn Lena. »So schlimm wird es schon nicht sein.« Sie lächelte aufmunternd.

»Also, ich …«

Er wurde vom Klingeln ihres Handys unterbrochen.

»Dein Handy …«

Lena nahm es aus ihrer Handtasche. Das Gespräch dauerte nicht lange, versetzte Lena aber in Eile. »Natalie«, teilte sie Wilfried mit, während sie das Handy wegsteckte. »Sie ist besoffen vor Glück, sagt sie. Ich hab sie immer beneidet um dieses Talent zum Glücklichsein. Sie kann manchmal sein wie ein Kind: völlig arglos und fröhlich. Und genauso schnell ist sie todunglücklich, wenn ihr etwas misslingt oder wehtut.«

Wilfried nickte. Die wertvollen Sekunden verstrichen. Er bemerkte, dass Lena ihre Hand schon am Türgriff hatte. »Ich helfe dir mit dem Gepäck«, sagte er, um sich eine letzte Gnadenfrist zu verschaffen.

»Nicht nötig«, gab Lena zurück, während sie schon beide ausstiegen. Sie durfte jetzt keine Zeit mehr verlieren. Schließlich hatte sie Natalie versprochen, den Brautstrauß zu besorgen. Ganz abgesehen von all den anderen Dingen, die sie vor der Trauung noch erledigen musste.

Wilfried öffnete den Kofferraum, Lena nahm ihre Taschen heraus. So standen sie sich gegenüber. »Die Zeit in deiner Hütte war sehr erholsam«, sagte sie.

»Noch ein paar Wochenenden und du bist ein anderer Mensch«, entgegnete Wilfried, fügte aber rasch hinzu: »Nicht, dass ich etwas an dir auszusetzen hätte.«

Lena lachte. »Das will ich auch hoffen.«

Wilfried lächelte auch.

»Bis bald«, sagte sie und ging zur Haustür.

Wilfried stieg in den Wagen. »Verdammt!«, stieß er von sich selbst enttäuscht aus und schlug mit beiden Fäusten auf das Lenkrad.

Als Birgit vor der Villa vorfuhr, stand der BMW ihres Vaters noch da. Umso besser. So konnte er gleich sehen, was sie aus der Werbeagentur mitbrachte. Sie jedenfalls fand die Vorschläge viel versprechend. Doch ihr Vater würde bestimmt wieder etwas daran auszusetzen haben.

August und Roland erwarteten sie schon ungeduldig. August, dessen Versuche, vom Zeitungsverleger den Namen des Informanten zu erfahren, ergebnislos geblieben waren, saß wieder vor dem Laptop und überprüfte den Kurs. Die *ACF*-Aktie war schon wieder gefallen, sogar unter die Schamgrenze von zehn Euro. Mit großen Schritten, die entschlossen wirken sollten, betrat Birgit den Raum. Wenig später unterbreitete sie den beiden Männern die in der Werbeagentur erarbeiteten Vorschläge.

Skeptisch beäugte August die Blätter. Am unteren Rand der ansonsten klassischen Modeanzeige stand: »Achtung! Glauben Sie nicht alles, was in der Zeitung steht!« Offenbar sollte das eine ironische Anspielung auf Zigarettenwerbung sein, wo auch eine gute und eine schlechte Botschaft mit einer einzigen Anzeige verkauft werden mussten.

Birgit wartete die Kritik ihres Vaters nicht ab, sondern sagte, schon halb auf dem Weg zur Tür: »Seht es euch in Ruhe an. Ich ziehe mich schon mal um.«

Erstaunt blickte August auf und tauschte mit Roland einen Blick, ehe er Birgit ansah. Roland indes fragte: »Du gehst also doch zur Hochzeit?«

Birgit blieb an der Tür stehen. »Sonst wirkt es doch so, als wolle ich kneifen. Außerdem will ich Felix in seiner Situation nicht enttäuschen.«

Damit verschwand sie. Sie bekam nicht mehr mit, wie die beiden Männer sich erneut anschauten, diesmal mit einem zufriedenen Lächeln auf den Lippen. Felix' Kalkül war aufgegangen.

Birgit wählte ein schwarzes Kleid, schlicht, aber elegant, darüber einen ebenfalls schwarzen Blazer. Auch ihr Make-up trug sie eher dezent auf. So, wie sie Lena kannte, würde diese ebenfalls schlicht auftreten und sie wollte sich nicht dem Verdacht aussetzen, die Rivalin optisch ausstechen zu wollen. Ihre Strategie war es, Lena so weit wie möglich zu ignorieren, und wo dies nicht möglich war, sie mit kühler Höflichkeit zu behandeln. Ohne ihre Pillen hätte sie dafür jedoch nicht die nötige innere Stärke. Sicherheitshalber nahm sie deshalb wieder zwei davon auf einmal, obwohl sie damit die inzwischen üblich gewordene und ohnehin viel zu hohe Tagesdosis erneut überschritt.

Mit zwei Flaschen Champagner, die ihr Beitrag zu der kleinen Feier sein sollten, verließ Birgit die Villa. Sie machte einen Umweg über das Textilmuseum, um zu sehen, wie Chris beim Foto-Shooting vorankam. Als er sie auf ihr elegantes Outfit ansprach, teilte sie ihm mit, dass sie neben Lena bei Felix' Hochzeit Trauzeugin sei. Chris wurde hellhörig. »Lena ist auch da?«, wollte er wissen.

»Ich denke schon.«

»Und wo findet das Ganze statt?«

»In der Klinik.«

Zufrieden mit dem Fortgang von Chris' Arbeit, verabschiedete sich Birgit und fuhr zum Krankenhaus. Ihr Herz schlug immer heftiger, je mehr sich die Fahrt ihrem Ende näherte.

Vor der Klinik bemerkte sie Lenas grauen Smart. Birgit hielt an. Sie wollte sie nicht jetzt schon treffen. Deshalb wartete sie, bis Lena ihren Wagen eingeparkt hatte und im Krankenhaus verschwunden war.

Lena hatte Birgit nicht bemerkt. Eilig durchquerte sie die Eingangshalle und verschwand im Fahrstuhl. Sie war spät dran. Natalie wartete sicher schon ungeduldig auf sie. Und vor allem auf ihren Brautstrauß.

Lena erblickte die Braut schon von ferne. Umringt von ein paar Krankenschwestern, die in ihrem Arbeitsalltag sicher schon vieles erlebt hatten, aber noch keine Trauung, stand sie in der Nähe der Schwesternstation. Eine der Frauen war gerade damit beschäftigt, ihr den Schleier im Haar zu befestigen. Als Natalie Lena bemerkte, kam sie sofort auf sie zu. Die beiden Freundinnen umarmten sich. »Ich bin total aufgeregt«, bekannte Natalie. Sie hätte das nicht sagen müssen, denn die Nervosität war ihr anzusehen.

»Hier«, sagte Lena und reichte ihr den Brautstrauß aus verschiedenen Blumen und Gewächsen. »Es war gar nicht so einfach, das alles aufzutreiben: Rosen, natürlich für die Liebe, Efeu für Treue und Freundschaft, Salbei für Gesundheit und langes Leben, Lavendel für Glück und hausfrauliche Tugenden, und als Letztes Borretsch für Mut – auch den werdet ihr brauchen.« Während sie dies erzählte, deutete sie mit dem Finger auf die jeweilige Pflanze.

In diesem Moment vernahmen die beiden das Klacken von Absätzen auf dem Krankenhausflur. Lena stand mit dem Rücken zum Eingang und konnte deshalb nicht sehen, wer da herankam. Dafür zeigte Natalies Miene großes Erstaunen. »Ich glaub, ich spinne«, sagte sie. »Sie kommt tatsächlich.«

»Wer?«

Erst jetzt wandte sich Lena um. Felix hatte Natalie gebeten, ihrer Freundin nicht zu sagen, wen er sich als Trauzeugin gewählt hatte. Als Lena nun Birgit den Flur herabkommen sah, war sie im ersten Moment sprachlos. »Das war nicht meine Idee«, sagte Natalie noch rasch mit gedämpfter Stimme und trat dann auf Birgit zu, um sie zu begrüßen.

»Hübsches Kleid«, meinte diese über das Brautkleid und sah, nachdem sie es kurz gemustert hatte, Lena von oben herab an. »Von dir?«

»Von Kruse«, entgegnete Lena rasch. Sie streckte ihr die Hand hin. Doch Birgit lächelte überheblich und verwies auf die beiden Champagnerflaschen in ihren Händen. Sie ging damit auf eine Krankenschwester zu und bat diese, sie kaltzustellen.

Da man nun vollzählig war und der Standesbeamte bereits am Bett des Bräutigams wartete, traten alle bis auf Natalie ins Zimmer. Felix' Miene hellte sich beim Anblick der beiden Trauzeuginnen auf. »Dass meine trüben Augen euch beide noch mal in einem Raum sehen dürfen«, lachte er zufrieden.

Dann hatte Natalie ihren großen Auftritt. Gemessenen Schrittes betrat sie den Raum – und erfüllte ihn, wie nicht nur Felix fand, mit einem ganz besonderen Glanz. Sogar dem sonst nie um eine flapsige Bemerkung verlegenen Bräutigam blieb die Sprache weg. Natalie kam an sein Bett und stellte sich neben ihn. Felix konnte seine Augen kaum von ihr lassen und musste sich zwingen, dem Standesbeamten, der nun mit der Zeremonie begann, die gebührende Aufmerksamkeit zu schenken.

Lena und Birgit standen am Fußende des Bettes. Nur aus dem Augenwinkel sah Birgit manchmal zu ihrer Rivalin. Sie bemerkte, dass diese zuweilen Blickkontakt mit ihr suchte. Doch Birgit hielt strikt an ihrer Strategie fest, auf nichts einzugehen. Schließlich gab Lena ihre Bemühungen auf.

Der große Augenblick rückte näher, das Ja-Wort würde gleich gesprochen werden. Unbemerkt öffnete sich die Tür und Chris trat mit seiner Kamera herein. Erst als der Auslöser klickte und das Blitzlicht immer wieder aufflammte, wurden die Anwesenden seiner gewahr, zollten ihm jedoch keine Aufmerksamkeit. Chris zwinkerte Lena lächelnd zu. Sie erwiderte das Lächeln zwar, fühlte sich aber nicht besonders wohl, denn sie ahnte, dass er vor allem ihretwegen hier war.

Sichtlich gerührt tauschten die beiden Brautleute nun die Ringe und besiegelten, nachdem der Standesbeamte die letzten Worte gesagt hatte, ihren Bund mit einem Kuss.

Als Erste gratulierte Birgit den beiden Frischvermählten. Lena fiel es schwer, die Tränen zurückzuhalten. »Dass du mich mal zum Weinen bringst, hätte ich auch nicht gedacht«, sagte sie zu Felix und küsste ihn auf die Wange.

»Was hätte aus uns werden können, wenn du nicht meine Halbschwester wärst«, witzelte Felix, um zu verhindern, dass ihm das alles noch mehr ans Herz ging. Lena boxte ihn sanft in die Schulter. »Hörst du wohl auf!« Dann gratulierte sie auch Natalie. Chris war noch immer damit beschäftigt, all das fotografisch festzuhalten und hielt sich darum im Hintergrund.

Unterdessen hatte eine der Krankenschwestern Champagner und Gläser auf einem Rollwagen hereingefahren. Da Birgit noch immer keine Anstalten machte, sich Lena zu nähern, tat diese den ersten Schritt. Sie wollte die Gelegenheit, mit ihr wieder ins Gespräch zu kommen, nicht ungenutzt vorüberziehen lassen. »Wie geht's?«, fragte sie vorsichtig.

»Gut«, versetzte Birgit knapp. Ihre Miene war undurchdringlich wie eine Maske. »Und dir?«, fragte sie, wenn auch nur aus Höflichkeit.

»Auch gut«, antwortete Lena.

Auf mehr wollte sich Birgit nicht einlassen. Sie trat zu Felix, der die Szene aufmerksam verfolgt hatte. »Ich muss leider gleich wieder los«, teilte sie mit.

»Was denn, jetzt schon?«, protestierte Felix, sichtlich enttäuscht über ihr Verhalten. »Wir haben noch gar nicht angestoßen.«

Birgit blieb hart. Sie ertrug Lenas Anwesenheit nicht länger. »Ich muss wirklich los«, versicherte sie, nach außen hin noch völlig souverän, während hinter der Fassade ihre Selbstsicherheit bereits bröckelte. »Wir können die Feier später in der Villa gerne nachholen«, bot sie an.

Dann verabschiedete sie sich von den Brautleuten. Sie trat auch zu Lena, hielt ihr diesmal sogar die Hand hin. »Wiedersehen.« Noch immer dieser abweisende, kalte Ton. Lena ergriff die Hand. »Auf Wiedersehen.«

Erst als die Tür hinter ihr zuging, merkte Birgit wie heftig sie am ganzen Körper bebte. Keine Sekunde länger hätte sie das ausgehalten. Und vor allen Dingen: Sie brauchte unbedingt noch eine ihrer Tabletten, um ihr inneres Gleichgewicht wiederzuerlangen.

Wilfried saß in seinem Wagen und beobachtete den Eingang des Krankenhauses. Nachdem er Lena hatte weggehen lassen, ohne ihr seine Gefühle gestanden zu haben, hatte er sich zuerst schlecht gefühlt. Doch er war nicht der Mann, der entgangenen Möglichkeiten allzu lange nachtrauerte, sondern lieber versuchte, sich neue zu verschaffen. Und das wollte er diesmal nicht anders machen.

Er schaute auf die Uhr. Wie lange konnte so eine Trauung dauern? Sicher würde man sich auf das Nötigste beschränken. Und von einer langen Feier danach war auch nicht auszugehen, da Felix sich noch immer schonen musste.

Wilfrieds Handy klingelte. Ohne die automatischen Türen der Klinik aus den Augen zu lassen, nahm er das Gespräch an. August war am Apparat. Er wollte sich mit seinem Freund treffen, um mit ihm die Lage der Firma zu beraten. »Heute Abend nicht«, erwiderte Wilfried guten Mutes. »Ich hab vor, mit der Frau meines Lebens irgendwo was zu essen.« August reagierte erstaunt, wollte wissen, von wem er rede, doch Holzknecht schwieg. Da sah er Lena herauskommen. »Ich muss jetzt aufhören«, sagte er zu August. »Sie ist da.«

Er wollte schon aussteigen, als er bemerkte, dass Lena nicht alleine war. Ein paar Schritte hinter ihr folgte Chris. Die beiden waren sofort in ein intensives Gespräch vertieft. Was hatte das zu bedeuten? Was machte dieser Chris Gellert überhaupt hier? Wie auch immer, offensichtlich hatte sie für den Abend schon eine andere Verabredung getroffen. Enttäuscht ließ Wilfried den Wagen an und machte sich davon. Hätte er noch ein wenig gewartet, so hätte er sehen können, wie Lena und Chris getrennt zu ihren Autos gingen und in verschiedene Richtungen davonfuhren.

Panikmache

Die neue Werbekampagne sollte bei den Anlegern Schönwetter machen und die Wende einleiten. Doch Roland kam sie eher vor wie ein letztes Gefecht, denn der *ACF* stand das Wasser bis zum Hals. Der Kurs hatte sich mittlerweile bei ungefähr acht Euro eingependelt, würde aber in den nächsten Tagen sicher weiter fallen, wenn nicht bald etwas geschah. Die Stützungskäufe, die er und Felix getätigt hatten, brachten nur kurzfristig Erfolg, zu weiteren Käufen aber fehlten die Mittel.

Mit Bitterkeit musste Roland wieder an die Anzeige bei der Börsenaufsicht und die Meldung darüber im *Augsburger Anzeiger* denken. Das könnte sich im Nachhinein als der Todesstoß für die Firma erweisen. Noch immer wusste er nicht, wer hinter diesem Verrat steckte. Um das herauszufinden, hatte Roland sich eines Mannes erinnert, dem *Alt-*

hofer in der Vergangenheit zwar ebenfalls einige Schwierigkeiten zu verdanken gehabt hatte, der aber durch seine guten Kontakte im Finanzwesen vielleicht als Einziger in der Lage war, herauszufinden, wem die Firma die Denunziationen zu verdanken hatte: Dr. Lausitz. Der schmierige Ex-Banker, der mittlerweile als unabhängiger Finanzberater tätig war, hatte sein Kommen angekündigt, um, wie er am Telefon stolz hatte durchblicken lassen, nicht nur das Rätsel über die Identität des Verräters zu lösen, sondern eine zusätzliche, noch viel wertvollere Information zu präsentieren.

Unruhig ging Roland vor dem Konferenztisch auf und ab. Eine Vielzahl von Illustrierten und Modeblättern lag über den Tisch verteilt. In jeder war die ganzseitige Anzeige der *ACF* aufgeschlagen. Am unteren Rand der Anzeigen war zu lesen: »Achtung! Nicht alles, was im Wirtschaftsteil steht, ist auch wirtschaftlich! Uns geht es blendend! Die *ACF.*« Entschiedenes Handeln tat Not, wenn Roland verhindern wollte, dass diese Beteuerungen eines nicht mehr fernen Tages als Spott auf sie zurückfallen würden. Was er brauchte, war Kapital – egal, woher es kam.

Er fasste einen Entschluss. Nur mit vereinten Anstrengungen war *Althofer* noch zu retten. Birgit würde ihn vermutlich dafür hassen, wenn sie davon erfuhr. Doch das musste er riskieren. Als Erstes versuchte er Dr. Holzknecht zu erreichen. Vergebens. Sein Handy war ausgeschaltet. Deshalb wählte er Lenas Nummer.

Der Anruf erreichte Lena in der Boutique *Little*, wo sie gerade an einem Sommerkleidchen für Angelas Sortiment nähte. Sie war ziemlich erstaunt, von ihrem Halbbruder zu hören, und das Staunen sollte noch wachsen. Er gestand ihr, es falle ihm nicht leicht, mit seinem Anliegen zu ihr zu kommen, und bat sie, die Sache für sich zu behalten. »Birgit wäre sicher nicht einverstanden, und ich möchte auf keinen Fall, dass sie davon erfährt.« Dann kam er zum eigentlichen Grund seines Anrufs: Lena solle so viele *ACF*-Aktien kaufen, wie sie nur könne, um einen totalen Absturz des Kurses zu verhindern. »Der Kurs wird sicher bald wieder steigen, denn die Werbekampagne ist gerade sehr viel versprechend angelaufen. Wir haben nur leider ein paar Probleme bei der Produktion.«

»Ich habe Dr. Holzknecht bereits kurz nach seinem eigenmächtigen Verkauf angewiesen, zurückzukaufen«, entgegnete Lena.

»Und hat er das auch getan?«, fragte Roland sofort.

»Ich denke schon, aber ich weiß es nicht. Ich habe ihn ja zu meinem Bevollmächtigten gemacht, damit ich mich nicht ständig selbst darum kümmern muss.«

Roland bat sie, Holzknecht zu fragen und ihn, wenn er noch nicht gekauft hatte, anzuweisen, es zu tun. Lena versprach es ihm und legte auf. Ihr war klar, wie groß seine Verzweiflung sein musste, wenn er sich hinter Birgits Rücken mit ihr in Verbindung setzte.

Lena schaute auf die Uhr. Sie musste weg, denn sie hatte in der Cocktailbar eine Verabredung der ganz besonderen Art. Frühmorgens hatte sie kein geringerer als Dr. Lausitz, an den sie noch eine Menge unangenehmer Erinnerungen hatte, angerufen und um ein Treffen gebeten. »Sie werden es nicht bereuen«, hatte er versprochen. Obwohl Lena wenig Lust auf ein Wiedersehen gehabt hatte, war sie doch neugierig geworden und darauf eingegangen.

Ehe sie die Boutique verließ, versuchte sie, Wilfried zu erreichen. Sie wusste, dass er wieder in seiner Hütte war, und hatte ihm in den vergangenen Tagen schon mehrfach Nachrichten auf die Mailbox gesprochen, bisher aber keinen Rückruf erhalten. Das war merkwürdig. Dabei hatte er ihr, ehe er losgefahren war, versichert, sie könne ihn jederzeit anrufen, wenn sie ihn brauche. So musste sie also ohne seinen Rat zu dem Gespräch mit Dr. Lausitz gehen.

Um diese Zeit war in der Cocktailbar noch nicht besonders viel los, nur ein paar Studenten, die eine Vorlesungspause für ein Frühstück nutzten. Lausitz saß an einem der hinteren Tische. Er hatte seinen Laptop vor sich und arbeitete, oder tat zumindest so. Als er Lena hereinkommen sah, schaltete er das Gerät aus, klappte es zu und erhob sich. Allein schon sein schmieriges Grinsen wäre Grund genug gewesen, ihn zu verabscheuen, fand Lena.

Lausitz begrüßte sie mit ausgewählter Höflichkeit, in der eine feine Ironie, die seine Überlegenheit zum Ausdruck bringen sollte, mitschwang. Er war ein Mann, bei dem jede Geste und jedes noch so scheinbar unbedacht dahingesagte Wort dem aufmerksamen Beobachter den Eindruck vermittelte, es verberge sich dahinter eine Absicht.

»Sie sagten, Sie hätten mir Informationen anzubieten«, begann Lena, nachdem sie Lausitz' Vorgeplänkel lange genug über sich hatte ergehen lassen. Die Bedienung hatte unterdessen ein Mineralwasser vor sie hingestellt und Lena hatte gleich bezahlt. Bei diesem Herrn wusste man nie, wie lange man bleiben würde.

»Da muss ich ein wenig ausholen, wenn Sie gestatten«, entgegnete Lausitz und schob die Brille mit den runden Gläsern zurück. Er erzählte von Rolands Anruf und dessen Auftrag, herauszufinden, wer durch die Weitergabe gewisser Informationen an die Presse den Kurs der *ACF*-Aktie nach unten zu drücken versuchte.

»Und?«, fragte Lena ungeduldig. »Haben Sie etwas herausgefunden?«

»Oh ja, das habe ich«, lachte Lausitz selbstzufrieden. »Allerdings glaube ich nicht, dass derjenige mit dem, was er ausgelöst hat, zufrieden sein wird. Und ich meine jetzt nicht den Aktienkurs.«

Lena fragte sich, was er damit meinte. Lausitz genoss den ratlosen Ausdruck auf ihrem Gesicht. »Wer ist es denn nun?«, wollte sie endlich wissen.

»Der liebe Herr Kunze.«

Lena mochte es nicht glauben. Herr Kunze sollte für all das verantwortlich sein? Sicher, er hatte in letzter Zeit einige Enttäuschungen erlebt, auch durch sie. Aber dagegen stand eine lebenslange Bindung an *Althofer,* erst als Prokurist und später als Pförtner. Außerdem war er sowohl mit Wilhelm als auch mit Marion Stangl eng befreundet.

Dr. Lausitz sah das ungläubige Staunen auf Lenas Gesicht mit innerer Genugtuung. Die Überraschung war ihm geglückt. Um keine Zweifel an der Richtigkeit seiner Informationen aufkommen zu lassen, versicherte er, seine Quellen seien absolut zuverlässig. Das Lächeln auf seinem Gesicht versiegte, als er nach kurzem Schweigen, in dem Lena an ihrem Wasser nippte, fortfuhr: »Ich habe Sie allerdings nicht sehen wollen, um Ihnen das zu sagen.«

»Nein?«

Lausitz lehnte sich zurück und strich sich das strähnige braune Haar aus der Stirn. »Was auch immer die Motive Ihres Herrn Kunze gewesen sein mögen«, sagte er ruhig, »profitieren wird ein anderer davon. Jemand, der eine Kauforder herausgegeben hat, die bei einem Kurs von sieben Euro fünfzig in Kraft treten wird.«

Lena schluckte. Offenbar schickte jemand sich an, die Firma zu einem Spottpreis zu übernehmen, ohne dass man bei *Althofer* etwas davon ahnte. »Wer?«, fragte sie nur.

Lausitz zog die Brauen hoch und ließ ein breites Grinsen auf seinem Gesicht aufscheinen. »Das ist der Punkt, an dem Informationen Geld kosten, oder, für den Fall, dass Sie Aktien kaufen wollen, eine attraktive Provision fällig wird.«

Das war der Lausitz, den Lena kannte. Sicher bekam er von Roland ein nicht unbeträchtliches Entgelt für seine Recherchen. Doch er ließ keine Gelegenheit aus, sich eine lukrative Zusatzeinnahme zu verschaffen.

»Ich bin nicht interessiert«, lehnte Lena entschlossen und ohne eine Sekunde zu zögern ab.

Er verbarg seine Enttäuschung hinter dem für ihn typischen Lächeln. »Schade. Ich hatte gehofft, Sie mit meinem Angebot wieder in die Firma locken zu können. Nur dann lohnt sich eine Investition in *Althofer* wirklich.« Er dachte wirklich an alles.

Lena erhob sich. »Sie überschätzen mich«, gab sie zurück, »wie die meisten. Guten Tag, Herr Dr. Lausitz.«

Damit ließ sie ihn zurück. Im Hinausgehen fragte sie sich, welches Interesse Lausitz an ihrer Rückkehr in die Firma haben konnte. Eigentlich gab es auf diese Frage nur eine Antwort und in dem Moment, in dem sie ihr bewusst wurde, erschien sie ihr nur natürlich, wenn man diesen Menschen kannte. Er selbst fädelte für die ominösen Interessenten an der *ACF* den Deal ein.

Langsam hatte Birgit die Nase vom selbstherrlichen Gehabe ihres Vater voll. Seit er stärker in der Firma mitmischte, behandelte er sie wie ein kleines Mädchen und Roland wie seinen Laufburschen. Er kommandierte sie herum und zitierte sie zum Rapport zu sich, wann es ihm gerade passte.

Auch heute hatte sie, aus Wasserburg kommend, die Pforte noch nicht passiert, da ließ Kunze sie schon wissen, dass ihr Vater sie zu sehen wünsche, und zwar dringend. Was hatte sie denn jetzt schon wieder falsch gemacht? War es etwa ihre Schuld, dass ein Zulieferer Pleite gemacht hatte und sie deshalb ohne die Pailletten dastanden, die sie für das Abendkleid, das Herzstück ihrer Exklusiv-Linie, so dringend brauchten? War es ihre Schuld, dass die veraltete Computersteuerung der Webmaschinen mit den neuen Programmen völlig überlastet war, deshalb das System immer wieder abstürzte und die Produktion oft stundenlang stillstehen musste? Nein, es war nicht ihre Schuld! Was also wollte ihr Vater, der alte Tyrann, schon wieder von ihr?

Ohne Kunze eines Blickes, geschweige denn eines Wortes gewürdigt zu haben, fuhr Birgit zur Verwaltung. Wütend schlug sie die Autotür zu und stürmte ins Gebäude. Ohne anzuklopfen, betrat sie das Vorzimmer und rauschte an der völlig überraschten Marion Stangl vorbei in Augusts Büro. »Was willst du schon wieder von mir?«, herrschte sie ihn an.

Ihr Vater schaute von seinen Unterlagen auf. »Was soll dieser Ton?«, gab er, kaum weniger schroff als sie, zurück. Dann betrachtete er sie einen Moment. Sie wirkte blass und ausgezehrt, die Frisur wirr. Alles in allem Besorgnis erregend.

Birgit erhob indes drohend den Zeigefinger. »Merk dir ein für alle Mal: Ich bin keine siebzehn mehr!

Ich bin Vorstand einer Firma von Wahnsinnigen! Alles, was nur irgendwie schief gehen kann, geht auch schief. Und du sitzt hier in deinem Büro und behandelst mich wie ein dummes Kind!«

August hatte schon so manchen Wutausbruch seiner temperamentvollen Tochter erlebt. Doch nie war sie ihm dabei gleichzeitig so zerbrechlich erschienen wie jetzt. Sie stand am Rande eines Nervenzusammenbruchs, das war unübersehbar. In ihren Augen glitzerten Tränen. Deshalb verpuffte der am Anfang ihrer zornigen Rede aufkommende Ärger in ihm sogleich wieder.

Er erhob sich und trat auf sie zu. Aber er wusste nicht, wie er sich ihr nähern, was er ihr sagen sollte. Er war nicht besonders gut in diesen Dingen. »Reiß dich zusammen, Kind!« Das war alles, was ihm einfiel, doch er wusste, dass es ihr nicht half, obwohl sie tatsächlich versuchte, sich zu fassen. Betont sachlich teilte sie ihm mit, sie werde im Call Center vom neuen Internet-Spezialisten erwartet, den sie lieber nicht länger ohne ausführliche Einweisung in seine Aufgaben am System herumhantieren lassen wolle. Sie traute ihm nicht besonders viel zu, aber in der Kürze der Zeit war er das Beste gewesen, was sie hatte kriegen können.

August legte seine Hand an ihre Schulter. »Du solltest dich besser ein paar Stunden hinlegen«, riet er ihr. »Es muss auch mal ohne dich gehen.«

Birgit schüttelte den Kopf. Sie haderte mit sich, weil sie vor ihrem Vater die Kontrolle über sich verloren hatte. Sie hätte sich niemals eine solche

Blöße geben dürfen! Nun würde sie in seiner Achtung vermutlich noch weiter sinken. Nein, sie musste stark sein. Sie musste es ihnen allen zeigen: ihrem Vater, Roland, Lena und der Stimme in ihrem Kopf, die, so kam es ihr neuerdings manchmal vor, wie Lenas Stimme klang.

»Was wolltest du denn nun von mir?«, fragte Birgit ungeduldig.

August winkte ab. »Schon gut.« Er wollte sie nicht damit belasten, denn der Brief, den er eben von der *Direkt Bank* erhalten hatte, würde ihr vermutlich den Rest geben.

»Jetzt raus damit!«, verlangte sie. Als er sie, auf der Suche nach Worten, nur schweigend ansah, fuhr der Schreck ihr in die Glieder. »Die Bank?«, fragte sie ahnungsvoll. Wenn die Bank den Kredit nicht endlich freigab, würden sie schon bald ihren Zahlungsverpflichtungen nicht mehr nachkommen können; ganz zu schweigen von den nötigen Investitionen. Und das würde das Aus bedeuten.

»Das ist nicht wahr«, hauchte sie kraftlos.

Ihr Vater nickte. Seine Miene war von tiefem Ernst gezeichnet. Er reichte ihr das Schreiben der Bank. *Kursverfall … Manipulationen … rückläufige Gewinnerwartung … sehen wir uns nicht in der Lage … mit Bedauern …* Die Worte verschwammen vor Birgit. Hilflos, aus tränennassen Augen, sah sie ihren Vater an. »Wie sollen wir den Umsatz steigern, wenn uns das Geld für Werbung und Investitionen fehlt?«, fragte sie. »Das ist doch hirnverbrannt.«

Natürlich war es das. Das sah ihr Vater ganz genauso. Und auch wieder nicht. Denn die Bank handelte von ihrem Standpunkt aus völlig rational. Wer warf schon gerne gutes Geld schlechtem hinterher? Die Banken wollten Erfolge sehen. Dann überschütteten sie einen mit Geld.

»Ich fahre nach Frankfurt und rede noch mal mit denen«, versprach August. »Notfalls wechseln wir die Bank.«

Birgit hatte dafür nur ein müdes Lächeln übrig. Wortlos wandte sie sich ab und verließ das Büro. Marions mitfühlende Blicke nahm sie nicht wahr. Sie stand noch immer unter Schock. Erst auf dem Weg nach unten kam sie allmählich wieder zu sich. Sie mobilisierte ihre letzten Kräfte. Das durfte es nicht gewesen sein. Sie musste kämpfen.

Am Eingang stieß sie auf Alf Benrath, den sie beauftragt hatte, einen Ersatzlieferanten für die Pailletten zu finden. Und er war in der Tat erfolgreich gewesen, wie er nun mitteilte. Zur Euphorie gab es jedoch keinen Anlass, denn die Sache hatte einen Haken: Der neue Lieferant war doppelt so teuer. In harschen Worten trug sie ihm auf zu ordern und parallel nach einem billigeren Anbieter für die Zukunft zu suchen. »Wir müssen liefern, sonst sind wir endgültig weg vom Fenster«, schärfte sie ihm ein.

Ohne ihn weiter zu beachten, setzte sie ihren Weg zur *Fashion Factory* fort, wo noch immer der neue Internet-Spezialist auf sie wartete. Im Treppenhaus begegnete ihr Natalie Sailer und erklärte aufgeregt, der neue Mann habe Mist gebaut, die gesamte Website sei nicht mehr aufrufbar.

Birgit blieb wie versteinert stehen und sah Natalie fassungslos an. »Soll das heißen, wir machen Werbung bis zum Anschlag und die Kunden können nichts bestellen?«, fragte sie fassungslos.

Natalie zuckte ratlos die Schultern.

Birgit schüttelte nur den Kopf. Tränen traten in ihre Augen. Sie spürte jeden Schlag ihres Herzens. Was sollte sie zu so etwas sagen? Oder tun? Was immer sie unternahm, es erwies sich stets als völlig zwecklos. Dann konnte sie ebenso gut überhaupt nichts unternehmen. Sie wandte sich um und ging wieder nach unten. Wozu das Ganze?, fragte sie sich. Wozu? Offenbar wollte ihr ein übermächtiges Schicksal beweisen, dass sie es nicht schaffte. Du hast gewonnen, Lena, dachte sie. Du hast gewonnen! Ich will nur noch – meine Ruhe haben!

Sie wandte ihre Schritte zur Villa, wurde immer schneller, lief zuletzt sogar. Wie jemand, der auf der Flucht war. Und dass alle Welt es sah, kümmerte sie nicht mehr. Was hatte sie schon noch zu verlieren? Ihren Ruf etwa? Der war längst zerstört. Sie war eine Versagerin und jeder wusste es.

In der Villa kam Inge auf sie zu – um ihr neue Hiobsbotschaften zu überbringen, wie Birgit vermutete. Sie wollte nichts mehr hören, ließ sie einfach stehen. Sie schloss sich ins Bad ein und suchte ihre Tabletten aus dem Wäschekorb. Gleich würde sie sich wieder besser fühlen. Hastig nahm sie drei Pillen. Während sie zusammen mit dem Wasser ihre Kehle hinabglitten, schaute sie sich selbst im Spiegel an. Was ist aus dir geworden?, dachte sie. *Nichts, außer dem, was du schon immer warst,* antwortete die böse Stimme in ihr – *eine Versagerin. Ein Nichts.*

Das Medikament tat seine Wirkung. Die Stimme wurde zum Schweigen gebracht. Doch anders als sonst schwieg auch die gute Stimme. Nur noch Stille war in ihr. Gedankenlose Leere. Welche Wohltat …

Von all dem bekam Roland nichts mit. Er war mit anderem beschäftigt. Dr. Lausitz hatte sein Kommen für elf Uhr angekündigt. Jetzt ging es schon auf halb zwölf zu. Roland empfand es geradezu als entwürdigend, auf einen Mann wie ihn angewiesen zu sein. Einen Mann, der nicht nur einmal beinahe zum Totengräber der Firma geworden war. Doch solche Empfindlichkeiten konnte er sich nicht mehr leisten. Deshalb war er über seinen Schatten gesprungen und hatte Kontakt aufgenommen.

Endlich sah er ein Taxi heranfahren. Lausitz stieg aus. Das wurde auch höchste Zeit. Roland wollte ihm schon entgegengehen, unterließ es dann aber. So viel Selbstachtung musste sein. Wenig später brachte Inge den Besucher herein.

Dr. Lausitz entschuldigte sich für die Verspätung. Er legte seinen Aktenkoffer auf den Tisch und öffnete ihn. »Der Informant ist einer Ihrer Mitarbeiter«, teilte er beinahe lapidar mit, während er eine Mappe herausnahm.

»Dr. Holzknecht?«, fragte Roland sofort.

Lausitz schüttelte den Kopf. »Herr Kunze.«

Das verschlug Roland für einen Moment die Sprache. Er kannte Ewald Kunze seit seiner Kindheit als einen freundlichen, aufrichtigen Mann, der sich der Firma gegenüber immer loyal verhalten hatte. Hatte er nicht, weil die Firma ihm in über dreißig Jahren zur zweiten oder vielleicht sogar ersten Heimat geworden war, die Stellung als Pförtner angenommen, nachdem er unzählige Jahre davor als Prokurist wertvolle Dienste geleistet hatte? Und dieser Mann sollte die Firma an den Rand des Abgrunds gebracht haben?

»Der wirkliche Nutznießer von Herrn Kunzes Aktivitäten wird allerdings die Konkurrenz der *Galeria*-Kette sein«, fuhr Dr. Lausitz nach kurzem Schweigen fort. »*Plöttgen & Schuster.*«

»Die Discounter?«

Lausitz nickte und reichte Roland die Mappe, deren bedeutender Inhalt die Kopie einer Kauforder von *Plöttgen & Schuster* war. Darin beauftragten sie einen Broker, beim Kurs von 7,50 Euro so viele *ACF*-Aktien zu kaufen wie nur irgend möglich. Roland erinnerte sich daran, gelesen zu haben, dass die Discounter schon seit langem in den Markt mit höherwertiger Mode einsteigen wollten. Sie waren zudem für ihre gnadenlose Kostenreduktionspolitik bekannt. Was das für *Althofer* und seine Mitarbeiter bedeutet hätte, konnte man sich vorstellen.

Nachdem Dr. Lausitz sich verabschiedet hatte, überlegte Roland fieberhaft, was zu tun sei. Er rief

August an und bat ihn, in die Villa zu kommen. »Ich hab auch eine Überraschung für dich«, teilte dieser mit. So, wie es sich anhörte, handelte es sich dabei um keine erfreuliche. Kaum zehn Minuten später betrat er das Konferenzzimmer.

Meyerbeer hatte das Schreiben der *Direkt Bank* mitgebracht. Die Verweigerung des Kredits traf auch Roland hart. Im ersten Moment wusste er nicht, was er dazu sagen sollte. Doch anders als Birgit ließ sich Roland davon nicht entmutigen. Irgendwie würden sie auch damit fertig werden. Er berichtete von seinem ermutigenden Gespräch mit Lena. Dass er auch Hedda noch bitten wollte, wieder bei *Althofer* einzusteigen, obwohl sie die Firma stets als Belastung empfunden hatte, verschwieg er August indes lieber.

Anschließend kam Roland mit dem heraus, was er über die geheimen Machenschaften von *Plöttgen & Schuster* erfahren hatte. Meyerbeer zeigte sich besorgt. »Wir müssen alles tun, damit der Kurs nicht auf 7,50 sinkt«, erklärte er. »Wenn wir nur diesen verdammten Kredit bekämen.« Er schaute auf die Uhr. »Ich muss mich beeilen, wenn ich den Flieger nach Frankfurt erwischen will.«

Roland begleitete ihn nach draußen und erzählte ihm dabei endlich auch, wer für all die Aufregungen der letzten Zeit gesorgt hatte. »Kunze?«, wiederholte Meyerbeer erstaunt. Er schüttelte den Kopf. »Man kann eben in keinen reinschauen.«

Sie waren bei Augusts Wagen angekommen. Ehe er einstieg, bat er Roland, sich um Birgit zu kümmern. »Sie hat vorhin in meinem Büro fast einen hysterischen Anfall bekommen. Ich hab ihr gesagt, sie soll sich hinlegen. Sieh besser mal nach ihr.«

Überrascht sah Roland ihn an. Er hatte geglaubt, Birgit wäre noch in Wasserburg. Nachdem er sich von Meyerbeer verabschiedet hatte, kehrte er eilig in die Villa zurück, um nach Birgit zu sehen. Sie lag, den Rücken zu ihm gekehrt, im Bett und hatte sich die Decke über den Kopf gezogen.

Roland setzte sich an die Bettkante und legte seine Hand auf ihre Schulter. »Sich im Bett zu verstecken, bringt doch nichts«, sagte er. »Ich brauch dich jetzt!« Da keine Reaktion kam, erzählte er ihr von den Absichten der Konkurrenz. »Wir müssen die Übernahme verhindern!«, schloss er.

Erst da setzte sich Birgit auf. »Ich will davon nichts wissen!«, fuhr sie ihn an. Roland erschrak. Sie wirkte auf Besorgnis erregende Weise verändert. Gleich darauf sank sie in sich zusammen. Ihre Stimme wurde weinerlich, als sie sagte: »Ich kann nicht mehr, Roland. Mach, was du willst, aber lass mich damit in Ruhe.« Damit legte sie sich wieder hin und zog die Bettdecke über sich.

Betroffen verließ Roland das Schlafzimmer. Vor der Tür verharrte er einen Moment, um sich zu überlegen, was zu tun war. Er kam zu keinem Schluss. Birgit war völlig am Boden zerstört. Ihre Augen waren ihm so ausdruckslos erschienen, so beängstigend leer. Dieser Zustand ließ sich mit dem Stress allein nicht mehr erklären. Die Tabletten fielen ihm wieder ein.

Roland stürmte ins Bad und durchsuchte Birgits Sachen. Diese verdammten Tabletten!, dachte er dabei immer wieder. Entgegen allen ihm geleisteten Versprechen musste sie sie weiter genommen haben. Er warf sich vor, ihr einfach vertraut zu haben. Er hätte sie kontrollieren müssen, denn sie war eine Abhängige. Das hatte er einfach verdrängt.

Im Wäschekorb wurde er endlich fündig. Er nahm die Tabletten an sich und rief Silke an, um zu erfahren, wie gefährlich dieses *Colportin X* wirklich war. Was sie ihm mitteilte, vergrößerte seine Sorgen nur noch. *Colportin X* sei, wie sie sagte, ein starkes Antidepressivum und ein Stimmungsaufheller, der bei unkontrollierter, überdosierter Einnahme zu Hirnschäden führen konnte. Als Roland mitteilte, er habe ihr die Tabletten weggenommen, warnte Silke ihn. »Das lässt sich nicht einfach so abbrechen. Die Entzugserscheinungen sind alles andere als angenehm. Sie muss auf eine Normaldosis runtergebracht werden.«

Roland verstand. Er bedankte sich und überlegte, wie es nun weitergehen sollte. Sobald Birgit wieder bei sich war, würde er mit ihr über ihr Problem sprechen. Gemeinsam würden sie auch das durchstehen. Ihrer beider Liebe war stark genug dafür. Bis sie aufwachte, würden aber bestimmt noch ein paar Stunden vergehen. Diese Zeit wollte er nutzen, um endlich mit Hedda über etwaige Aktienkäufe zu sprechen.

Dass Wilfried einfach nicht zurückrief, erfüllte Lena langsam mit Sorge. Ob ihm etwas zugestoßen war? Außerdem musste er unbedingt für sie tätig werden. Was Dr. Lausitz ihr über das Vorhaben der Konkurrenz erzählt hatte, hatte sie mit größerer Sorge erfüllt, als sie zugeben wollte. Es musste etwas geschehen, wenn sie den Ausverkauf der *ACF* verhindern wollte. Kurz entschlossen setzte sie sich ins Auto und fuhr zu ihm in die Berge. Seinen Wagen unversehrt vor der Hütte stehen zu sehen, beruhigte sie fürs Erste. Die Hütte selbst war verschlossen. Offenbar war er wieder am See. Sie kannte den Fußweg inzwischen ja auswendig.

Wilfried saß in größter Gemütsruhe auf seinem Stein am Rande des Sees und genoss die friedvolle Szenerie. Nur manchmal warf er einen Blick auf seine Angel. Er hatte heute noch nichts gefangen, aber das kümmerte ihn wenig.

»Ich fürchte, ich muss deine Urlaubsidylle stören«, hörte er da ihre vertraute Stimme hinter sich, »aber wenn du deine Mailbox nicht abhörst, bist du selber schuld.«

Er wandte sich um. Lena kam auf ihn zu. In Gedanken war sie ja die ganze Zeit bei ihm gewesen. Sie jetzt leibhaftig vor sich zu haben, freute ihn darum umso mehr. »Aber du störst doch nie«, lachte er und entschuldigte sich: »Mein Handy ist mir leider ins Wasser gefallen.«

Lena teilte ihm mit, was sie von Dr. Lausitz erfahren hatte: dass Kunze die Information über die Ermittlungen der Börsenaufsicht an die Presse gegeben hatte. Das überraschte Wilfried freilich wenig. Er nickte nur, als habe er die letzte Bestätigung für etwas erhalten, das er sich längst gedacht hatte. »Herr Kunze wollte so den Verlust wieder wettmachen, den er durch den verspäteten Kauf der Aktien erlitten hat. Am Tiefststand kaufen und dann auf eine Erholung der Aktie setzen. So wird er sich das ungefähr vorgestellt haben.«

»Eine ähnliche Idee hat offenbar auch jemand anders gehabt.« Lena berichtete nun von der Kauforder des Konkurrenten. Auch das nahm Wilfried gelassen auf. Als Lena ihn anwies, er solle dem mit ihrem Geld entgegenwirken, lächelte er nur. »Hab ich doch längst«, erklärte er. »Du und Florian seid stolze Besitzer von siebenundvierzig Prozent der Anteile.«

Lena bekam einen Schreck. Damit hätte sie faktisch eine Mehrheit. Doch sie wusste nicht, ob sie sich darüber freuen sollte, denn wie sollte sie sich so noch aus der Firmenpolitik heraushalten? Außerdem wirkte das doch jetzt so, als habe ihr Verkauf nur dazu gedient, den Kurs zu drücken, um sich mit dem gleichen Geld ein größeres Stück des Aktienkuchens zu verschaffen.

Wilfried erriet ihre Gedanken. »Ich weiß, du wolltest nicht spekulieren«, kam er ihrem Vorwurf zuvor. »Aber dann hättest du mir die Vollmacht nicht erteilen dürfen.« Er trat einen Schritt näher, das feine Lächeln in seinen Mundwinkeln vertiefte sich. »Ich habe stets nur in deinem Interesse gehandelt, denn wenn du wieder in die Firma einsteigst, wirst du diese Macht gut gebrauchen können.«

Lena wusste nicht, ob sie lachen oder sich ärgern sollte. »Wie kommst du denn auf so was?«

»Weil ich dich sehr gut kenne.« Sein Blick fiel verlegen zu Boden. Er hob die Augen jedoch gleich wieder und richtete sie auf sie. Jetzt war der Moment, ihr die Wahrheit über seine Gefühle zu sagen. Was sie damit machte, war dann ganz alleine ihre Sache. »Ich kenne dich so gut, weil ich Tag und Nacht an nichts anderes denke als an dich. Ich wollte es dir schon letzte Woche sagen, aber es war wie verhext. Ich liebe dich, Lena. So, jetzt ist es raus.« Er fühlte sich erleichtert.

»Wilfried ...«, antwortete Lena nur verlegen.

»Du musst nichts dazu sagen. Ich wollte nur, dass du es weißt.«

Sie lächelte. »Das weiß ich doch längst.«

»Ich hab mich wohl ziemlich dumm angestellt, was?«

»Quatsch!«

Wilfried spürte eine Befangenheit an ihr. Er hätte es bedauert, wenn seine Eröffnung ihr Verhältnis zu ihm belastet hätte. Obwohl er keine Antwort und schon gar keine Entscheidung von ihr gefordert hatte, glaubte sie ihm doch ein Wort schuldig zu sein. »Ich mag dich auch«, sagte sie, »sehr sogar. Nur zurzeit ...«

»Schon gut«, wehrte Wilfried ab. »Egal, was ist und was nicht: Ich werde immer für dich da sein.«

Lena bedankte sich mit einem erfreuten Lächeln.

Sie wäre gerne noch ein wenig bei ihm geblieben, doch sie musste zurück zu Florian und Angela. Wilfried begleitete sie zum Wagen. Das Gespräch kehrte dabei zu weniger verfänglichen Themen zurück. Zum Abschied gab Lena ihm einen Kuss auf die Wange, der ihre Dankbarkeit und Zuneigung ausdrückte, aber auch ihre Ungewissheit. War das alles, was sie zu geben bereit war, oder nur der Vorgeschmack auf mehr? Lena wusste es selbst nicht.

Auf der Rückfahrt musste sie die ganze Zeit an Wilfried und seine Worte denken. Es war eine Wohltat, von einem Mann endlich einmal nicht unter Druck gesetzt zu werden. Viele hatten ihr zwar schon gesagt, sie würden immer für sie da sein, scheinbar ohne Bedingungen, um dann aber doch ihre Forderungen, ausgesprochen oder unausgesprochen, zu stellen. Etwas sagte ihr jedoch, dass das bei Wilfried nicht der Fall sein würde. Ob sie ihn freilich jemals so würde lieben können, wie er es sich erhoffte, wusste sie nicht. Die Liebe ist schon ein merkwürdiges Ding, dachte sie.

Wie um ihr genau das noch einmal vor Augen zu führen, erhielt sie, kaum wieder zu Hause, unverhofften Besuch: Max stand mit einem Strauß Rosen vor der Tür. Lena spürte einen Stich in ihrem Herzen. Sie ließ ihn zwar herein, wandte sich jedoch ab, als er sie küssen wollte. Max biss sich auf die Unterlippe. Da sie seit einiger Zeit seine E-Mails nicht mehr beantwortete und nicht zurückrief, wenn er ihr Nachrichten hinterließ, hatte er zwar nicht damit gerechnet, dass sie ihm zur Begrüßung um den Hals fallen würde; diese Kälte freilich überraschte ihn nun doch. Und vor allem tat sie weh.

»Ich bin auf dem Weg nach Bangkok, mit Zwischenlandung in Frankfurt und da ...« Er fühlte sich unsicher. Hörte sie ihn überhaupt? Sie ließ Wasser in eine Vase laufen. Die Rosen lagen auf der Anrichte. »Ich musste dich sehen«, sagte er da mit Nachdruck.

Lena schwieg. Was hätte sie auch sagen sollen? Was wollte er überhaupt noch von ihr? Er war gegangen, nicht sie. Nur die Gefühle, die fügten sich der Vernunft nicht so leicht.

»Was ist nur mit dir, Lena?«, fragte Max, mit einem Anflug von Verzweiflung, aber auch Vorwurf in der Stimme. »Warum hast du weder meine Nachrichten noch meine Anrufe beantwortet?«

Lena fuhr herum. »Weil das alles nur wehtut«, versetzte sie. Sie stellte das Wasser ab und wandte sich ihm nun ganz zu. »Du hast dich entschlossen, dein Leben zu leben und nicht unseres. Es hat eine Weile gedauert, bis ich das begriffen habe. Jetzt hab ich es begriffen.«

»Ich will ja mit dir leben. Aber nicht hier in der Provinz. Du gehörst hier nicht hin. *Wir* gehören nicht hierhin.« Er nahm ihre Hand und sah sie eindringlich an. »Wovor hast du Angst, Lena?«

Ihr Herz wurde schwer. Er verstand nichts. Gar nichts. Er versuchte es nicht einmal. »Genau diese Frage habe ich dir schon mal gestellt«, erwiderte sie. Sie sah ihn eindringlich an. »Du wusstest keine Antwort. Ich will dir sagen, wovor ich Angst habe:

vor dir! Bangkok, Singapur, Johannesburg. Und ich sitze in einer Wohnung am Central Park und krieg ab und zu eine E-Mail von dir. Das ist nicht das Leben, das ich mir vorstelle.«

»Du kannst doch überallhin mitkommen. Wir werden zusammen die Welt sehen. Alles ist möglich, wenn man will.« Er legte die Arme um sie. »Ich liebe dich, Lena.« Seine Lippen näherten sich den ihren. Diesmal entzog sie sich ihm nicht. Sie ließ sich nicht nur von ihm küssen, sie erwiderte den Kuss sogar mit allem, was an Gefühl für ihn noch in ihr war. Doch während Max hoffte, dieser Kuss bedeutete einen neuen Anfang, war es für sie ein Abschiedskuss.

»Geh jetzt bitte!«, sagte sie, nachdem ihre Lippen sich voneinander gelöst hatten.

Max starrte sie ungläubig an. Sie meinte es ernst. Es war vorbei. Für immer.

Er wandte sich um und ging zur Tür. Lena folgte ihm. Sie reichte ihm die Hand. Er nahm sie, küsste ihre Handfläche. Dann ging die Tür hinter ihm zu. Lena wandte sich um. Sie spürte Schmerz, aber auch Erleichterung.

Aschfahl im Gesicht saß Ewald Kunze in seinem Pförtnerbüro. Nach seinem Besuch bei Roland Althofer war Dr. Lausitz zu ihm gekommen und hatte ihn gebeten, ihm ein Taxi zu bestellen. Dabei hatte er, sein bekanntes, schadenfrohes Grinsen auf den Lippen, gemeint, er werde wohl gleich zu seinem Chef zitiert werden. »Tja, Herr Kunze«, hatte er gesagt, »Sie sind aufgeflogen.« Noch immer hatte Kunze sich von diesem Schock nicht erholt. Als Roland vor zwei Stunden weggefahren war, hatte Kunze ihm mit einer Handbewegung signalisiert, er wolle mit ihm sprechen. Doch Roland war einfach durchgefahren, ohne ihn auch nur eines Blickes zu würdigen.

Kunze fühlte sich nicht wohl bei dem, was er getan hatte. Sein schlechtes Gewissen brachte er jedoch stets zum Schweigen, indem er sich erinnerte, wie die Geschäftsleitung mit ihm umgegangen war. Aber für die waren das natürlich Kleinigkeiten, er und seine Anleger Fußvolk. Kunze wusste selbst, dass niemand in der Chefetage so dachte, doch er redete es sich ein, um vor sich selbst besser dazustehen.

Lautes Hupen riss ihn aus seinen Gedanken. Kunze wandte den Kopf und schaute nach draußen. Er erschrak. Roland Althofer. Diesmal wollte er offenbar mit ihm sprechen. Kunze trat ins Freie und wollte schon an sein Wagenfenster treten, doch Roland befahl ihm einzusteigen. Der Pförtner öffnete noch die Schranke, dann folgte er der Aufforderung.

Die kurze Fahrt zur Villa verlief in bleiernem Schweigen, das auch auf dem Weg ins Haus hinein andauerte. Roland fragte Inge, ob Birgit schon aufgestanden sei. Die Sekretärin verneinte. Dann wandte Roland sich wieder Kunze zu, bedeutete ihm mit einer Handbewegung, in den Konferenzraum zu gehen.

Kunze blieb an der Tür stehen, während Roland sich an seinen Arbeitsplatz setzte und kurz die Telefonnotizen durchsah, die Inge ihm hingelegt hatte. Dann schaute er auf und nahm den alten Mann streng in den Blick. Er konnte einfach nicht verstehen, was mit ihm passiert war. Kunze war wie ein Onkel für ihn gewesen. Oft hatte er in der Buchhaltung auf seinen Knien gesessen und mit der Rechenmaschine gespielt. Stets hatte er ihm bedingungslos vertraut. Wie sollte er jetzt mit ihm verfahren?

»Sie müssen mich nicht entlassen«, kam Kunze ihm zuvor. »Ich werde freiwillig gehen.«

»Warum haben Sie das getan, Herr Kunze? Ich verstehe das einfach nicht.«

Kunze atmete schwer. »Ich war immer treu. Die Firmenleitung aber hat mich ausgenutzt und betrogen. Und mit mir alle Mitarbeiter, die an *Althofer* geglaubt und ihr Geld in die Firma investiert haben. Wir haben fast zwei Drittel verloren. Ich konnte es nicht mehr ertragen, diesen Leuten in die Augen zu schauen.« Verbitterung und Zorn klangen aus diesen Worten.

»Wann soll ich Sie betrogen haben?«, fragte Roland.

»Ihr Vater und Frau Czerni. Ich wollte verkaufen, als der Kurs noch bei zwanzig lag, aber sie haben mich gebeten, es nicht zu tun.« Er senkte den Kopf. »Ich verlange nicht, dass Sie mich verstehen. Es ist mir auch nicht leicht gefallen. Seit ich das getan habe, kann ich keine Nacht mehr ruhig schlafen.«

Das tröstete Roland freilich wenig. Er wollte schon etwas erwidern, hörte dann aber ein Klirren aus dem Stockwerk über ihnen. Er erhob sich, um Inge zu fragen, was das sei. In diesem Moment flog jedoch schon die Tür auf, und die Sekretärin eilte herein. »Du solltest nach Frau Meyerbeer sehen, sie …«

Roland ließ sie nicht zu Ende reden. Er schob Kunze beiseite und eilte die Treppe hinauf. Die ganze Zeit über vernahm er Gepolter und Klirren. Es schien so, als zertrümmere Birgit die Einrichtung. Die Geräusche kamen eindeutig aus dem Bad. Da begriff Roland, was los war. Sie suchte offenbar nach den Tabletten, die er aus ihrem Versteck entfernt hatte.

Schlagartig wurde es still. Roland riss die Badezimmertür auf. Inmitten umgestürzter Möbel, zerbrochener Parfüm- und Kosmetikflaschen, herausgerissener Handtücher und Wäsche lag Birgit auf dem Boden. Regungslos. Roland erschrak. Er stürzte zu ihr und hob sie auf. Sie bewegte sich noch immer nicht. Vorsichtig legte er sie wieder hin. Inge stand ratlos und sichtlich betroffen in der Tür. »Ruf schon endlich einen Notarzt!«, fuhr Roland sie an.

Sie verschwand. Roland blieb bei Birgit, er strich ihr das Haar aus dem blassen Gesicht. Ihr Atem ging nur sehr flach. Angst erfüllte ihn. Was, wenn sie –? Er wagte es nicht, den Gedanken zu Ende zu denken. Silkes Worte kamen ihm wieder in den Sinn. Sie hatte von schwer wiegenden Folgen gesprochen, von möglichen Hirnschäden.

Nur fünfzehn Minuten später traf der Notarzt ein. Hilflos sah Roland zu, wie Birgit versorgt und dann auf einer Trage nach draußen gebracht wurde. Als der Rettungswagen mit Blaulicht und Sirene wegfuhr, folgte Roland ihm. Mochte mit der Firma sein, was wollte. Das alles zählte nicht mehr. Birgit war das Einzige, was zählte.

Endstation

Als Ewald Kunze Lena an den Schlagbaum heranfahren sah, verdüsterte sich seine Miene noch ein wenig mehr. Wortlos kam er aus seinem Büro, um sie durchzulassen. Lena hatte das Fenster schon heruntergefahren. »Sie haben gekündigt?«, fragte sie. Sie hatte das von Emma gehört, die sie bei Besorgungen in der Stadt getroffen hatte. Kunze machte nur eine wegwerfende Handbewegung. »Ich hoffe, das hat nichts mit mir zu tun«, fuhr Lena fort. »Sie wissen schon, was ich meine.«

Der Pförtner lächelte bitter. Während die Schranke hochfuhr, überlegte er, ob er überhaupt etwas sagen sollte. »Wen interessiert das schon«, brummte er schließlich resigniert, ohne Lena anzusehen.

»Mich!«, fuhr diese auf. Es brach ihr das Herz, den alten Mann so niedergedrückt und voller Bitterkeit zu sehen.

»Sie haben doch erreicht, was Sie wollten«, gab er zurück. »Der Kurs ist im Keller.«

Das tat weh. »Sie wissen genau, dass der Verkauf gegen meinen Willen geschah«, verteidigte sie sich. Das Ergebnis freilich, das wusste auch sie, blieb dasselbe.

Kunze zuckte nur mit den Schultern. Da es offenbar keinen Sinn hatte, ihn von etwas anderem als seiner festgefügten Meinung überzeugen zu wollen, gab Lena es auf und fuhr weiter zur Villa.

Lena kam unangemeldet. Sie fragte Inge Fabian, die sich gerade ein Schokocroissant schmecken ließ, ob Roland oder Birgit zu sprechen seien. Inge sah sie aus großen Augen an und kam näher. »Wissen Sie es denn gar nicht?«, fragte sie mit gedämpfter Stimme. »Frau Meyerbeer ist im Sanatorium.« Betroffen hörte Lena nun von Birgits Zusammenbruch. Nach ein paar Tagen in der Uni-Klinik in München habe man sie in eine psychiatrische Anstalt gebracht. »Oder De-Tox-Center, wie es eleganter heißt«, fügte Inge hinzu. »Den genauen Grund erfährt unsereiner ja nicht, aber es ist wohl wegen irgendwelcher Pillen, die Frau Meyerbeer immer geschluckt hat.«

Lena brauchte einen Moment, um das zu verdauen. Dann bat sie Inge, sie bei Roland anzumelden, erfuhr jedoch, dass dieser in der Verwaltung sei. Er trage ja nun die Verantwortung ganz alleine auf den Schultern, denn August Meyerbeer falle nun natürlich auch aus. Daraufhin begab sich Lena in die Verwaltung.

Als sie das Vorzimmer betrat, fand sie Marion Stangl nicht hinter ihrem Schreibtisch. Die Tür zu dem Büro, in dem eigentlich August Meyerbeer residierte, stand offen. »Was ist jetzt mit der Kündigung von Ewald?«, hörte Lena die Sekretärin fragen. Ein Moment der Stille folgte, ehe Roland erklärte: »Er kann bleiben, wenn er will. Was würde es schon ändern, wenn er nicht mehr da wäre?«

Nicht nur Marion, auch Lena atmete auf. Wenn sie daran dachte, wie Roland sich früher verhalten hatte: immer mit dem Kopf durch die Wand und mit der ganzen Welt auf Kriegsfuß, dann erschien ihr seine Veränderung fast wie ein Wunder. Umsichtig, souverän und zur Selbstkritik fähig, hatte er nun alle Eigenschaften, die ein Unternehmer brauchte, um erfolgreich zu sein. Nur das nötige Glück fehlte ihm noch.

Erst jetzt machte Lena sich bemerkbar. Roland freute sich, sie zu sehen. Er wies mit der Hand zur Besucherecke. Nachdem sie beide Platz genommen hatten, fragte Lena sofort nach Birgits Befinden. Rolands eben noch freudige Miene wurde ernst. »Furchtbar«, sagte er und hatte sofort wieder dieses Bild vor Augen, das sich ihm von seinen Besuchen im Sanatorium eingebrannt hatte: Birgit in einem Stuhl oder auf dem Bett sitzend und stumpf vor sich hinstarrend. Offenbar befand sie sich in einer anderen Welt, zu der niemand außer ihr selbst Zugang hatte. »Sie haben sie gerade noch mal zurückgeholt. Zum Glück hat sie keine bleibenden Hirnschäden. Aber sie ist kaum ansprechbar.«

»Kann man sie besuchen?«, fragte Lena sofort.

Roland sah sie an. Ihre Sorge war aufrichtig. Er war gerührt davon und wünschte, viele Dinge wären anders gelaufen. »Sie darf Besuch empfangen. Aber sie sitzt die meiste Zeit nur da und starrt vor sich hin. Wenn sie was von sich gibt, dann nur wirres Zeug; vor allem, wenn sie von dir spricht.«

Lena atmete schwer. Was immer zwischen ihr und Birgit gestanden hatte, es war vergessen. Sie war nur noch erfüllt von dem Wunsch, ihr zu helfen. »Ich will sie sehen«, beharrte sie.

»Ich fahre heute Mittag zu ihr«, erwiderte Roland. »Komm doch einfach mit.« Er rückte vor an die Kante des Ledersessels und sah Lena erwartungsvoll an. Seit seinem Anruf, bei dem er sie gebeten hatte, *ACF*-Aktien zu kaufen, hatte er nichts mehr von ihr gehört. »Weshalb wolltest du mich sprechen?«, fragte er.

Als Lena ihm mitteilte, Dr. Holzknecht kaufe schon seit einiger Zeit von ihrem und Florians Geld größere Pakete von *ACF*-Aktien, atmete Roland auf. Die Käufe hatten den Kurs zuletzt wieder steigen lassen und er hatte schon befürchtet, *Plöttgen & Schuster* stecke dahinter, obwohl der Kurs die magische Grenze von 7,50 Euro nicht erreicht hatte. »Wenn alles investiert ist, halte ich über vierzig Prozent«, schloss Lena. »Dann kann euch keiner mehr gefährlich werden.«

Wenigstens ein Problem weniger, dachte Roland erleichtert. Er berichtete Lena nun von den Problemen, mit denen er sich seit ein paar Tagen ganz alleine herumzuschlagen hatte: Der Zugang zur Internet-Boutique war noch immer defekt, wodurch die aufwändige und sündhaft teure Werbeaktion so gut wie ins Leere lief; Lieferschwierigkeiten traten auf, da Zulieferer Pleite machten und weil die halbe Fertigung aufgrund technischer Probleme lahm gelegt war. Am Ende seines Berichtes hielt er kurz inne, sah Lena eindringlich an und setzte dann hinzu: »Du musst zurückkommen! Und Dr. Holzknecht auch.«

Lena war wenig erfreut über dieses unverhoffte Angebot. Hatte sie sich nicht entschieden? Sollten am Ende all diejenigen Recht bekommen, die ihre Entscheidung nicht ernst genommen hatten? Das freilich war ihre geringste Sorge. Ihre innere Abwehr entsprang vielmehr der Furcht, dass ihr Leben schon bald wieder ganz von der Firma aufgefressen werden könne.

»Es fällt mir nicht leicht einzugestehen, dass wir Fehler gemacht haben«, fuhr Roland angesichts ihres Zauderns fort. »Birgit und ich waren besessen davon, der ganzen Welt und vor allem dir zu beweisen, dass wir es alleine schaffen. Das war vielleicht unser größter Irrtum. Niemand kann eine Firma wie diese alleine zum Erfolg führen. Dazu braucht es ein gutes Team. Und abgesehen von ein paar Reibereien waren wir doch ein gutes Team, oder?«

»Schon«, gab Lena zu. »Aber was, wenn Birgit zurückkommt und alles wieder von vorne beginnt?«

»Das wird nicht geschehen!«, versprach Roland. »Birgit hat viel Lehrgeld bezahlen müssen.«

Lena nickte. Das stimmte. »Ich werde über deinen Vorschlag nachdenken«, versprach sie.

Marion Stangl unterbrach das Gespräch, indem sie Roland daran erinnerte, dass Paul Wieland ihn in der Fertigung erwartete. Als Roland und Lena gemeinsam das Büro verließen, hatte die Sekretärin die ganze Zeit ein frohes Lächeln auf den Lippen. Sie wusste natürlich Bescheid, denn wenn Lena Czerni Roland Althofer besuchte, konnte sie ihr Ohr nicht von der Tür fern halten. Heute schien wahrhaft ein guter Tag für *Althofer* zu sein, denn wenn nicht alle Anzeichen trogen, würde Lena zurückkehren.

Von ähnlichen Gedanken beseelt, verstieg sich auch Roland auf dem Weg nach unten in Zukunftspläne. Wenn Lena nicht ihr ganzes Geld in Aktien investieren würde, sondern einen Teil als Barreserve zurückhielte, hätten sie zusammen mit den zwei Millionen Euro, die Hedda ihm leihen wollte, eine ausreichende Barreserve für die nötigen Investitionen und wären so nicht länger auf den Kredit einer Bank angewiesen.

Lena versuchte, seine Euphorie zu bremsen. »Nicht so schnell. Ich muss erst noch darüber nachdenken und mit Dr. Holzknecht reden.«

»Klar«, gab Roland lächelnd zurück. »Wo soll ich dich abholen, wenn ich zu Birgit fahre?«

»Bei Felix. Er kommt doch heute aus dem Krankenhaus. Wilhelm, Hedda und ich haben einen kleinen Empfang für ihn und Natalie vorbereitet.«

Roland nickte. In all dem Trubel hatte er das ganz

vergessen. »Ich hol dich gegen eins bei Felix ab«, sagte er nun, froh darüber, so auch seinen Bruder sehen zu können.

Lena nickte. Eigentlich war damit für diesen Moment alles gesagt. Sie wollte schon weiter, doch plötzlich hielt Roland sie fest und nahm sie in den Arm. Zuerst war sie so überrascht, dass sie gar nicht darauf reagieren konnte, doch dann legte auch sie die Arme um ihn. Sie spürte keinen Triumph, nur Freude über seine Einsicht.

Nachdem sie die Umarmung gelöst hatten und Roland weitergegangen war, kehrte jedoch das bedrückende Gefühl zurück. Denn an die Versöhnung mit Roland waren auch enorme Erwartungen geknüpft. Wie würden er und alle anderen reagieren, wenn sie sich am Ende gegen eine Rückkehr in die Firma entscheiden sollte? Konnte sie das denn überhaupt noch?

Als Lena wenig später in ihrem Smart an die Pforte fuhr, erlebte sie einen völlig verwandelten Ewald Kunze. Eilig kam er heraus und ließ den Schlagbaum hochfahren. Er lächelte Lena dabei an und winkte ihr zu. Marion hatte ihm nicht nur von der Rücknahme seiner Entlassung erzählt, sondern auch von der bevorstehenden Rückkehr Lenas in die Firma, die für sie eine Tatsache war. Kaum war der graue Smart um die Ecke gebogen, lief Kunze schnell in sein Büro, rief bei der Bank an, wo er das Geld des Investment-Clubs mittlerweile in Festgeldern angelegt hatte, und gab die Anweisung, alles in *ACF*-Aktien zu investieren. Schon bald, dessen war er sich sicher, würde er den erlittenen Verlust mehr als nur wettgemacht haben.

Von der Firma fuhr Lena direkt zu Felix' Wohnung, wo Wilhelm und Hedda schon auf sie warteten. Auf dem Beifahrersitz des Smart lag ein Apfelkuchen, den Lena für diesen Anlass gebacken hatte. Sie war selbst immer wieder überrascht von ihren hausfraulichen Talenten und von dem Spaß, den sie am Kochen und Backen fand.

Als sie Wilhelm auf Birgit ansprach, machte dieser sogleich eine ernste Miene. August hatte ihm erst an diesem Morgen erzählt, was geschehen war. Wieso nicht früher?, fragte Wilhelm sich. War er nicht sein bester Freund? Hatte August ihm nicht auch durch alle Jammertäler der letzten Jahre geholfen: Rosas Selbstmord und Cornelias Tod? Hedda hatte Recht, als sie sagte, dass August gut im Geben sei, selbst aber nur schwer Hilfe annehmen könne.

Nun erzählte Lena von dem Angebot, das Roland ihr gemacht hatte. »Und Wilfried will er auch bitten, zurückzukommen«, fügte sie hinzu.

»Endlich nimmt der Junge Vernunft an!«, rief Wilhelm erfreut aus.

»Meinst du, ich soll das machen?«, fragte Lena.

Wilhelm lächelte zufrieden. Hatte er es ihr nicht prophezeit? Lena erinnerte sich gut daran. Und nicht nur er, auch Wilfried war von ihrer Rückkehr in die Firma stets überzeugt gewesen. Aber was machte sie alle so sicher, dass sie, Lena Czerni, *Althofer* wieder zum Erfolg führen werde? So viel

Vertrauen ehrte sie zwar, beängstigte sie aber auch. »Wieso glaubt ihr alle, es läge nur an mir?«, fragte sie. »Ich bin doch kein Übermensch. Und bei all den Problemen, die es derzeit in der Firma gibt …«

»Wenn ihr alle an einem Strang zieht«, gab Wilhelm sich überzeugt, »kriegt ihr den Karren wieder flott.«

Lena indes ließ sich noch immer nicht von der Zuversicht anstecken. »Ich will erst mit Wilfried reden«, erklärte sie. »Ich werde Roland bitten, mich nachher zu Wilfrieds Hütte zu begleiten und selbst mit ihm zu reden. Ohne Wilfried wäre alles sinnlos.«

Wilfried, dachte Wilhelm und sah Lena nachdenklich an. Er wusste, dass sie in den letzten Wochen viel Zeit mit Holzknecht in den Bergen verbracht hatte. »Läuft da eigentlich was zwischen dir und Dr. Holzknecht?«, fragte er.

Lena errötete. Natürlich wusste sie, welche Art von Antwort ihr Vater erwartete. Aber sie konnte ihm weder ein Nein noch ein Ja liefern. Es stimmte schon: Sie und Wilfried waren in den letzten Wochen auf eine neue Weise miteinander vertraut geworden. Wohin diese neue Vertrautheit aber führen würde, konnte sie noch nicht absehen. Dafür waren auch die Wunden aus der kurzen, aber intensiven Beziehung mit Max noch zu frisch.

»Die letzte Zeit war weder für mich noch für Wilfried einfach«, sagte sie. »Und da braucht man Freunde. Und genau das sind wir. Sonst noch Fragen?« Ihr Lächeln war so undurchdringlich wie das der Mona Lisa.

Wilhelm ahnte, dass das nicht die ganze Wahrheit war, dass er aber zum jetzigen Zeitpunkt auch nicht mehr erfahren würde.

Da kam Hedda aus der Küche zurück, wo sie Lenas Kuchen ausgepackt und auf eine Kuchenplatte gestellt hatte. Nun brachte sie ihn zu dem bereits gedeckten Tisch. »Wo bleiben die beiden nur?«, fragte sie besorgt.

Lena trat ans Fenster und schaute auf die Straße hinab. Sie sah, wie Natalie Felix aus dem Auto half. »Sie kommen!«, rief sie.

Es dauerte jedoch noch eine Weile, bis die beiden in der Wohnung eintrafen, denn Felix war von den Strapazen ermüdet und brauchte immer wieder Pausen. Der Empfang, der ihm bereitet wurde, rührte ihn zutiefst. »Wollt ihr mich heulen sehen?«, fragte er, den Tränen nahe, ehe er einen nach dem anderen umarmte.

Natalie erinnerte ihn an die Ermahnung des Professors, er dürfe sich nicht überanstrengen und half ihm aufs Sofa. Dafür gestattete sie ihm einen kleinen Schluck Champagner zur Feier des Tages. Immerhin gab es, wie Wilhelm fand, nicht nur Felix' Rückkehr zu feiern, sondern noch einiges mehr. »Eure Hochzeit zum Beispiel, bei der wir nicht dabei sein durften«, womit er Hedda und sich meinte. Natalie wollte sich schon rechtfertigen, doch Wilhelm schnitt ihr lächelnd das Wort ab. Es hatte ja kein Vorwurf sein sollen. Nachträglich wurde nun auf das Paar angestoßen, Wilhelm wünschte ihnen sichtlich bewegt mit einem zu Herzen gehenden Trinkspruch Glück. »Auf dass ihr stark seid und alles durchsteht«, sagte er.

Nachdem sie alle an ihren Getränken genippt hatten, wollte Wilhelm das Glas gleich noch mal erheben. »Auf Lenas Rückkehr in die Firma!«, lachte er. Lena warf ihm einen verärgerten Blick zu. Hatte sie nicht gesagt, dass das noch nicht spruchreif sei? Doch es war schon zu spät. Natalie umarmte sie überglücklich und erklärte, das sei das schönste Hochzeitsgeschenk, das sie ihr habe machen können. »Das wäre endlich mal ein Lichtblick«, fand Felix. Und auch Hedda nahm die Nachricht mit Wohlgefallen zur Kenntnis. »Dann krieg ich mein Geld ja vielleicht doch zurück«, meinte sie, halb im Scherz.

»Ich muss mich erst noch mit Dr. Holzknecht besprechen«, wandte Lena auch diesmal wieder ein. Doch niemand nahm es zur Kenntnis, ihre Rückkehr wurde wie eine Tatsache angesehen. »Auf die Heimkehr der verlorenen Tochter!«, rief Natalie und hob ihr Glas.

Die kleine Feier nahm ihren Lauf. Lenas Kuchen wurde angeschnitten und allseits gelobt. Felix gab ein paar Krankenhausanekdoten zum Besten, in denen stets eine der hübschen jungen Krankenschwestern eine Rolle spielte, erntete dafür von allen Gelächter und von Natalie tadelnde Blicke. Doch auch sie nahm es mit Humor, sie kannte ihren Felix ja und wusste vor allem, wie sehr er sie liebte. Die beiden wirkten, als wären sie nicht erst seit ein paar Wochen, sondern bereits seit vielen glücklichen Jahren verheiratet.

Nach einiger Zeit ermüdete Felix zusehends, sodass Natalie das gemütliche Beisammensein beendete und ihren Ehemann ins Bett brachte. Seine Eltern verabschiedeten sich und verließen zusammen die Wohnung. Lena wollte noch bleiben, bis Roland sie abholen würde. Die Zeit, die bis dahin noch blieb, nutzte sie für einen Anruf bei Wilfried.

»Stell dir vor, wer gerade hier war«, sagte er hörbar amüsiert, noch ehe sie ihm den Grund ihres Anrufes nennen konnte. »Dr. Lausitz. Er wollte mir im Auftrag eines Klienten *Althofer* zu Füßen legen, auf dem silbernen Tablett sozusagen.«

»Was hast du gesagt?«, fragte Lena.

»Die Frage meinst du doch nicht ernst, oder?«, kam es zurück. »Ich hab natürlich abgelehnt. Du hättest sein dummes Gesicht sehen sollen, als er unverrichteter Dinge wieder abziehen musste.«

Lena kündigte nun an, dass sie ihn später besuchen werde. »Ich bringe jemanden mit«, fügte sie hinzu. »Roland.«

Wilfried war nicht eben erfreut, stimmte aber zu. Dann musste Lena auch schon Schluss machen, denn Roland stand vor der Tür. Sie ließ ihn herein. »Wenn du Felix noch sehen willst, musst du dich beeilen«, sagte sie. »Natalie bringt ihn gerade ins Bett.«

Als Roland das Schlafzimmer betrat, verabreichte Natalie seinem Bruder gerade den alltäglichen Tablettencocktail. Felix war erfreut, Roland zu sehen, und erkundigte sich sofort nach Birgit. Er gehörte zu den wenigen, denen Roland erzählt hatte, was passiert war. Leider konnte Roland ihm nichts Ermutigendes vermelden. »Wir müssen Geduld haben«, sagte er. »Aber manchmal habe ich den Eindruck, die Tabletten, die sie jetzt bekommt, sind auch nicht viel besser als die, die sie geschluckt hat.«

»Grüß sie von mir«, trug Felix ihm auf.

»Ich hab Lena angeboten, zurückzukommen«, berichtete Roland dann, »und Dr. Holzknecht auch. Sie hat sich aber noch nicht entschieden.«

»Lena wird kommen«, versicherte Felix. »Sie lässt uns in einer solchen Situation nicht hängen.«

Natalie gab Roland ein Zeichen, dass er jetzt lieber gehen solle. »Und von dir erwarte ich das Gleiche«, sagte er noch. »Du musst schnell wieder gesund werden. Wir brauchen dich.«

Nachdem Roland weg war, setzte sich Natalie zu Felix ans Bett. Sie hatte noch immer die Tabletten in der Hand und nahm nun auch das Glas Wasser vom Nachttisch. Doch statt beides zu nehmen, sah Felix sie eindringlich an. »Eins möchte ich dir noch sagen«, begann er. »Im Krankenhaus war alles noch leichter für dich. Aber jetzt bleibt das meiste an dir hängen. Du hast dir da nämlich was aufgeladen mit mir, das vielleicht schwerer ist, als du tragen kannst.« Natalie wollte ihn unterbrechen, doch er streckte ihr die Hand entgegen und brachte sie so zum Schweigen. »Du musst mir versprechen, dass du gehst, wenn es dir zu viel wird, hörst du? Du darfst nicht dein Leben für mich opfern. Das bin ich nicht wert. Niemand ist das wert.«

Natalie mochte es nicht hören. Sie küsste ihn, damit er aufhörte, so zu reden. »Bist du wirklich so schwer von Begriff?«, sagte sie dann. »Ich liebe dich! Und wenn man jemanden liebt, dann hat man gar keine andere Wahl.«

Rehabilitations-Center Prof. Dr. Richling stand auf dem Messingschild am Eingang zum Sanatoriumsgelände. Das Sanatorium selbst, das nur eine halbe Stunde von Augsburg entfernt lag, war ein altes Gebäude, natürlich renoviert und im besten Zustand. Hier waren nur vermögende Patienten aus vielen Ländern in Behandlung, denn der Ruf des Professors strahlte weit über die Grenzen Deutschlands hinaus.

Auf der Fahrt hierher hatte Lena Roland gefragt, ob er nachher nicht zusammen mit ihr Holzknecht in seiner Berghütte besuchen wolle, um sich mit diesem auszusprechen. Der Vorschlag gefiel Roland nicht besonders. Immerhin waren er und Holzknecht nicht gerade im Frieden voneinander geschieden. Auch Roland entging nicht, dass Lena Dr. Holzknecht immer beim Vornamen nannte. Wie zuvor schon Wilhelm fragte auch er sich, ob zwischen den beiden etwa mehr war als nur Freundschaft.

Das Sanatorium lag etwas erhoben auf einem

kleinen Hügel und war umgeben von einem Park, in dem vereinzelt Patienten alleine, mit Pflegern oder Angehörigen umherspazierten.

Am Eingang des Gebäudes kam ihnen August entgegen. Von der Energie, die er sonst versprühte, war nichts zu bemerken. Sein Gesicht war blass, die Bewegungen wirkten behäbig, die ganze Gestalt wie kurz vor einem völligen Zusammenbruch. Zuerst schien er die beiden noch nicht einmal zu bemerken. Erst als Lena auf ihn zutrat und ihn ansprach, nahm er sie wahr. »Wie geht es ihr?«, fragte sie.

Er atmete schwer. »Wie soll man das wissen? Sie spricht ja nicht darüber. Aber es ist gut, dass du kommst. Sie redet ja nur von dir, wenn sie schon mal aus ihrer Lethargie erwacht.«

»Ich tu, was ich kann«, versicherte Lena.

Er lächelte dankbar, aber müde. Und auch dieses Lächeln erstarb rasch wieder. »Wenn es so weitergeht, lande ich auch bald hier.«

Roland und Lena sahen betroffen zu, wie Meyerbeer in Richtung Parkplatz wankte. So hatten sie ihn noch nie erlebt. »Er liebt seine Tochter über alles«, sagte Lena bedrückt.

Die beiden meldeten sich beim Pförtner am Eingang des Gebäudes an. Minuten danach wurden sie von einem Pfleger abgeholt, der sie zu Birgits Zimmer brachte. Auf dem Weg dorthin mussten mehrere Türen auf- und wieder abgeschlossen werden. »Das ist nur zum Schutz für die Patienten«, erklärte der Mann, als er die Betroffenheit auf Lenas

Gesicht sah. »Einige neigen zu Tobsuchtsanfällen oder verletzen sich selbst.«

Auch Birgit war in ihrem Zimmer eingeschlossen, was sie allerdings nicht bemerkte, denn sie saß den ganzen Tag apathisch auf einem Stuhl. Roland trat zunächst alleine in den kleinen Raum, um Birgit auf Lenas Kommen vorzubereiten.

Sie saß mit gesenktem Kopf auf einem Stuhl in der Mitte des Zimmers. Ihr Augen waren offen, doch nichts aus der Außenwelt drang in sie ein. Was in ihr vorging, blieb unergründlich. Roland ging vor ihr in die Hocke und nahm ihre Hände in die seinen. Keine Reaktion. Er sprach sie an, erhielt jedoch auf nichts eine Antwort. Ihm war zum Weinen zu Mute, doch er beherrschte sich. »Lena ist auch da«, sagte er schließlich. »Willst du sie sehen?«

Birgit reagierte wieder nicht. Roland holte Lena herein. Die Beklemmung, die sie seit ihrer Ankunft hier gespürt hatte, nahm zu. Mein Gott, dachte sie nur, als sie die vergitterten Fenster sah. Roland gab ihr wortlos zu verstehen, sie solle sich auf den freien Stuhl vor Birgit setzen. Er selbst blieb ein paar Schritte zurück.

Lena nahm Birgits Hand. Ihre Kehle war wie zugeschnürt. »Hallo, Birgit.« Mehr brachte sie nicht hervor.

Zum ersten Mal seit langem zeigte Birgit eine Reaktion. Sie hob den Blick und richtete ihn auf ihr Gegenüber. »Lena ...«, flüsterte sie.

»Ja, ich bin's.« Sie drückte Birgits Hand fester.

Roland atmete auf. Endlich eine Reaktion.

»Lena …« Diesmal kam es etwas lauter.

»Ja.«

»Lena!« Noch lauter.

»Ich bin bei dir, Birgit. Vergessen wir alles, was war und fangen wir von vorn an.«

»Lena!« Es war fast schon ein Schrei.

Roland trat hinter sie und streichelte ihren Nacken. »Lena ist da«, sagte er. »Und jetzt wird alles gut.«

Da schrillte plötzlich ein Alarm auf. Birgit zuckte zusammen. Dann legte sie die Hände auf die Ohren. »Nein, nein, nein!«, schrie sie. Roland fasste sie fester an den Schultern und versuchte, sie zu beruhigen. »Das hört gleich wieder auf«, versicherte er. »Es hat nichts zu bedeuten.«

Der Ton verstummte wirklich bald wieder. Birgits Hände fielen leblos in ihren Schoß. Sie senkte den Kopf und starrte in der gleichen Weise vor sich hin, wie sie es am Anfang getan hatte. Sie war wieder in ihrer Welt.

Lena nahm ihre Hände. »Ich komme wieder«, versprach sie, »so oft ich kann. Es wird alles gut.« Sie erhob sich und küsste Birgit auf die Wange. Roland gab ihr zum Abschied einen Kuss auf die Stirn. Sie ließ alles ohne eine Spur von Anteilnahme über sich ergehen.

Erst als sie auf dem Flur waren, bemerkte Lena, wie ihre Knie vor Aufregung zitterten. Roland nahm die Brille ab und wischte sich über die zusammengekniffenen Augen, wohl, um zu verhindern, dass ihm die Tränen kamen. Der Pfleger eilte herbei, schloss Birgits Zimmer ab und führte die beiden Besucher aus dem geschlossenen Teil der Anstalt. Schweigend verließen sie das Gebäude. Auch auf dem gesamten Weg zum Auto sagten sie nichts. Zu stark war der Eindruck des eben Erlebten.

Nachdem sie eingestiegen waren, saß Roland lange wie erstarrt hinter dem Steuer. Das Bild der verloren dasitzenden Birgit verfolgte ihn. Hinzu kam das quälende Gefühl der Hilflosigkeit. Lena konnte sich vorstellen, wie er sich fühlte; es ging ihr ja kaum anders. Tröstend legte sie ihre Hand auf seinen Arm. Erst da wurde er sich seiner Umgebung wieder bewusst. »Es ist zum Heulen«, sagte er mit rauer Kehle. »Jedes Mal, wenn ich sie besuche, nehme ich mir vor, nichts zu erwarten. Trotzdem deprimiert es mich jedes Mal mehr. Mir ist, als würde ich keine Luft mehr bekommen.«

»Bitte fahr jetzt!«, flehte Lena ihn regelrecht an. Es hatte doch keinen Sinn, sich dem Schmerz und der Verzweiflung zu überlassen. Vor allem war damit niemandem geholfen – Birgit am allerwenigsten.

Roland atmete tief durch. Die Anspannung löste sich etwas. Seine Finger zitterten, als er den Schlüssel ins Zündschloss steckte. Kurze Zeit später ließen sie das Sanatorium und seine bedrückende Atmosphäre hinter sich. Doch die Sorge um Birgit blieb.

So hatte Wilhelm seinen alten Freund noch nie erlebt. Weiß wie eine Wand, ohne jede Lebensfreude und antriebslos saß er am Esstisch und erzählte in monotonem Tonfall vom trostlosen Zustand Birgits und von Lenas Besuch. Schlagartig verfiel er in Schweigen. Nichts ließ ahnen, was er gerade dachte.

Seine Verzweiflung griff auch auf Wilhelm über. Allerdings ging es ihm um August und um die Frage, wie er seinen Freund aus dem Tief herausholen konnte. Er kannte solche Jammertäler ja selbst zur Genüge und wusste darum, dass einem nichts wirklich helfen konnte. Doch jemanden um sich zu wissen, war ihm immer ein Trost gewesen. Deshalb blieb Wilhelm.

Als Augusts Schweigen unerträglich wurde, ging Wilhelm in die Küche, holte ein Bier und stellte es vor ihn hin. Er beachtete es nicht. »Vielleicht reagiert sie wenigstens auf Lena«, sagte er nur. »Das ist meine letzte Hoffnung.«

»So wie es aussieht, kommt Lena zurück in die Firma«, teilte Wilhelm erst jetzt mit, denn er hatte nicht geglaubt, dass August sich dafür interessierte. Umso überraschter war er, als dieser nun erleichtert aufatmete. »Na endlich!«, stieß er aus. »Dann bin ich das wenigstens los!« Er nahm nun doch einen Schluck Bier und ließ sich gegen die Lehne des Stuhls fallen. »Anscheinend darf es einem einfach nicht gut gehen«, sagte er mit einem Seufzer. »Man kriegt immer noch was draufgepackt – bis man die Lust verliert und sich freiwillig in den Sarg legt.«

»Das wird wieder, August, du wirst sehen. Du darfst dich jetzt nicht unterkriegen lassen. Das hilft keinem: Birgit nicht, Hedda nicht und schon gar nicht dir selbst.«

Hedda kam, da sie ihren Namen gehört hatte, mit Florian auf dem Arm aus dem Wohnzimmer zu den beiden Männern. Sie hatten den Jungen auf der Heimfahrt in Angelas Laden abgeholt. »Was ist mit mir?«, fragte sie.

»Nichts«, sagte Wilhelm.

Mit einer Mischung aus Mitgefühl und leisem Groll sah Hedda ihren Mann an. Ihr missfiel, wie er sich in sein Selbstmitleid fallen ließ. Sie hielt das für unangemessen. Hatte sie sich etwa nach Cornelias Tod derart gehen lassen? Und Birgit lebte ja noch. Doch was sie für Selbstmitleid hielt, waren in Wahrheit Schuldgefühle.

»Florian möchte mit dir seine Eisenbahn aufbauen«, drängte sie August, um ihn auf andere Gedanken zu bringen.

Doch der sah sie nur verärgert an. »Muss das sein?«, murrte er.

»Ja, das muss sein!«, kam es schroff zurück. »Und noch etwas: Du fährst erst wieder in dieses Sanatorium, wenn Birgit deine Anwesenheit auch bemerkt. So ist das doch nur eine Quälerei für euch beide!«

Wutentbrannt sprang August auf. »Herrgott noch mal!«, schrie er sie an. »Was ist denn bloß los mit euch? Meine Tochter sitzt in der Klapsmühle. Soll ich so tun, als ginge mich das nichts an?«

Nicht nur Hedda erschrak über die Heftigkeit seiner Antwort, auch der kleine Florian. Ängstlich sah er August an, und war offenbar kurz davor, in Tränen auszubrechen. Der jedoch hatte keine Augen für ihn. Als Hedda sich von ihrem Mann abwandte und beleidigt zurück ins Wohnzimmer ging, rief er ihr hinterher: »Ich leide wie ein Schwein! Und das tut mir gut, weil es mir hilft, über meine Schuldgefühle hinwegzukommen. Ich hab ihr doch ständig im Nacken gesessen und ihr diesen höllischen Druck gemacht! Ich hab nichts unternommen, als sie anfing, diese Scheißtabletten zu nehmen! Ich war es! Ich!«

Jetzt war es endlich heraus. August fühlte sich erleichtert. Die Anspannung in seinem Innern hatte sich gelöst. Doch sie würde wieder wachsen, spätestens, wenn er Birgit wiedersah. Aber er hatte das akzeptiert, gewissermaßen als Buße für seine Fehler. Denn Fehler hatte er viele gemacht, und nicht erst seit Birgit die *Fashion Factory* übernommen hatte. Er hatte sie geliebt, mehr als sein Leben, aber ihm war schmerzlich bewusst, dass er es ihr viel zu selten gezeigt hatte. Hatte er ihr nicht stets das Gefühl gegeben, sie müsse sich seine Liebe erst verdienen? Kam daher nicht der überzogene Ehrgeiz, der sie nun vielleicht für immer ihren Verstand gekostet hatte? Wie sollte er diese Schuld jemals wieder abtragen?

Ein Foto, das ihn und Birgit in glücklicheren Tagen zeigte, fiel ihm ins Auge. Es stand auf einer Kommode, neben einer Reihe anderer Bilder. Die

Brust wurde ihm eng, der Hals war plötzlich wie zugeschnürt. Er nahm das Bild, betrachtete es eine Weile und flüsterte: »Wenn nicht bald eine Besserung eintritt, dann gehe ich mit dir in die USA zum besten Spezialisten, den es dort gibt. Das verspreche ich dir, mein Kind!«

Schroff hoben sich die selbst im Sommer schneebedeckten Berggipfel gegen den klaren blauen Himmel ab. Selbst die größten menschlichen Kümmernisse wirkten vor ihnen klein und unbedeutend. Sie waren lange vor den Menschen schon hier gewesen, und sie würden noch hier sein, wenn die Menschheit längst wieder verschwunden war. War das nicht auch ein Trost?

Roland erblickte in den Bergriesen bei aller Verschiedenheit eine Verwandtschaft zum Meer, wie er es in seiner Zeit in Griechenland erlebt hatte: unwandelbar und ewig, genau wie die Berge. Er konnte verstehen, wieso Holzknecht sich hierher zurückzog, und für einen Moment wünschte er sich selbst wieder ans griechische Meer. Doch ihm wurde schon im nächsten Moment klar, dass man sich vor der Welt nicht verstecken konnte.

»Da vorne ist es«, sagte Lena nach langem Schweigen.

Der Wagen nahm eine enge Kurve und überwand die folgende Steigung mühelos. Dann erblickte Roland Holzknechts Wagen. Er spürte ein flaues Gefühl im Magen. Wie würde er empfangen werden? Mit Kälte und Herablassung?

Lena entging Rolands Nervosität nicht. Nachdem er den Motor abgestellt hatte, verharrte er im Auto und atmete tief durch. »Keine Bange!«, ermunterte sie ihn. »Wilfried hat nichts gegen dich persönlich.«

Wilfried trat aus der Hütte und begrüßte bestens gelaunt seine Gäste. Natürlich war es vor allem Lenas Anblick, der ihn erfreute; doch auch Roland behandelte er, als habe es zwischen ihnen nie einen Streit gegeben. Er bat sie in seine Hütte und brachte Lena ein Glas Wein und für Roland und sich Bier, das sie aus der Flasche tranken. Zuerst erkundigte sich Wilfried nach Birgits Befinden. Dass Roland wenig Erfreuliches zu berichten hatte, bedauerte er aufrichtig. Er merkte, wie nahe auch Lena der traurige Zustand Birgits ging.

»Es fällt mir nicht leicht, hier bei Ihnen anzukommen und Sie um Entschuldigung für mein Verhalten zu bitten«, bekannte Roland dann. »Ich muss zugeben, dass Sie in so ziemlich allem, was Sie mir und Birgit vorwarfen, Recht hatten.«

»Es geht nicht ums Rechthaben«, entgegnete Wilfried. »Es geht um das, was für die Firma und ihre Mitarbeiter am besten ist.«

»Ich wünschte, ich hätte mir das früher bewusst gemacht.«

»Deshalb hatte ich auch nie etwas gegen Sie oder Frau Meyerbeer persönlich. Als ich Ihnen sagte, dass wir unter anderen Umständen ein gutes Team hätten sein können, war das ehrlich gemeint.«

Roland hatte einen Schluck von seinem Bier genommen und meinte nun: »Die Umstände sind jetzt andere.«

Was Roland damit sagen wollte, war leicht zu erraten. Statt darauf einzugehen, schlug Wilfried in Anbetracht des herrlichen Wetters vor, gemeinsam an den See zu gehen und das Gespräch dort fortzusetzen.

So geschah es. Wilfried nahm eine Decke mit, Lena füllte in der Zwischenzeit einen Korb mit Getränken und etwas zu essen. Sie bewegte sich in der Hütte wie in ihrem Zuhause. Das gefiel Wilfried.

Kurze Zeit später saßen die drei am See und genossen das wundervolle Bergpanorama. Alle Anspannung, die es davor noch gegeben haben mochte, löste sich nun vollständig. Dennoch verlor Roland den Grund seiner Anwesenheit nicht aus den Augen. »Worauf ich vorhin hinaus wollte«, knüpfte er an das eben Gesagte an und tauschte dabei einen kurzen Blick mit Lena. »Ich will, dass Sie und Lena zurück in die Firma kommen. Lena wäre dazu nur bereit, wenn Sie auch Ja sagen.«

Wilfried sah Lena schweigend an. Nur zu gerne wäre er zurückgekehrt. Die Arbeit bei *Althofer* hatte ihm gefallen. Doch er wusste nicht, wie er mit seinem ungeklärten Verhältnis zu Lena umgehen sollte. Seit er ihr gesagt hatte, wie er für sie empfand, hoffte er auf eine Reaktion von ihr.

»Ich brauche dich, Wilfried«, drängte Lena ihn. »Wir können *Althofer* nicht im Stich lassen.«

»Es ist schwer, dir etwas abzuschlagen.«

Lena lächelte. »Dann ist ja alles klar, oder?«

»Ich würde trotzdem gerne noch einmal darüber schlafen«, sagte Wilfried. »Ich kann mich nicht so schnell entscheiden.«

Sie ließen es dabei bewenden. Trotz seines Zögerns war Roland ziemlich sicher, dass Holzknecht zustimmen würde. Ihm war nicht entgangen, wie er zu Lena stand. Die Blicke, mit denen er sie betrachtete, wenn sie es nicht bemerkte, sprachen Bände. Er würde tun, was immer sie wollte.

Roland sah auf die Uhr. »Ich muss allmählich los«, sagte er. »Wieland braucht mich. Die Maschinen müssen morgen unbedingt wieder laufen.«

Nur Sekunden später klingelte sein Handy. Wenn man vom Teufel spricht, dachte Roland, als er Wielands Nummer auf dem Display erkannte. Er nahm ab und rechnete schon mit einer weiteren Katastrophenmeldung.

»Die Maschinen laufen wieder«, hörte er den Fertigungsleiter zu seiner Überraschung sagen. Seine Stimme klang euphorisch. »Wir arbeiten die Nacht durch, um so viel aufzuholen wie möglich.«

»Sie sind der Größte, Herr Wieland!«, lobte Roland. So gerne er Paul Wieland zuweilen, wenn dieser überall nur Schwierigkeiten sah, packen und kräftig durchschütteln wollte: Heute hätte er ihn am liebsten umarmt. Erleichtert teilte Roland Holzknecht und Lena die gute Nachricht mit. Lena stieß Wilfried sanft in die Seite. »Siehst du, es geht schon wieder aufwärts.«

Die drei standen auf und Roland verabschiedete sich von Wilfried. Als Lena sich ebenfalls verabschieden wollte, bat Wilfried sie, noch zu bleiben. Lena musste nicht lange überlegen. Wieso eigentlich nicht?, ging es ihr durch den Kopf. Florian war bei Hedda in den besten Händen, Angela brauchte sie ebenso wenig. Sie stimmte zu, doch nur unter der Bedingung, dass sie am kommenden Tag ebenfalls nach Augsburg zurückkehren würden.

Zum Abschied bat Roland Holzknecht, nicht zu lange zu überlegen. »Wir brauchen im Moment jeden Mann«, sagte er.

»Wir werden sehen«, entgegnete Wilfried. »Doch wie auch immer: Es hat mich gefreut, dass Sie gekommen sind. Und gute Besserung für Birgit.«

Nachdem er sich auch von Lena verabschiedet hatte, ging Roland alleine zurück zum Wagen. Nach all den Enttäuschungen und Katastrophen der letzten Zeit hatte er endlich wieder Grund zur Hoffnung.

Als sie mit Wilfried alleine war, trat Lena ans Seeufer und schaute hinüber zu den Bergen. Die Sonne stand schon tief und vergoldete die schneebedeckten Hänge. Sie konnte sich an diesem herrlichen Bild gar nicht satt sehen. Und doch konnte es die sorgenvollen Gedanken in ihrem Kopf nicht ganz verdrängen. Nach einer Weile wandte sie sich zu Wilfried um und erklärte: »Du musst mir helfen! Alleine schaffe ich es nicht. Und jetzt, da Birgit nicht mehr da ist und Roland auf unserer Seite steht, spricht doch nichts mehr dagegen, oder?«

Holzknecht hörte sie nicht. Er war zu sehr mit seinen eigenen Gedanken beschäftigt, die allerdings von den ihren nicht allzu weit entfernt lagen. Doch während ihre Sorge mehr der Zukunft der Firma galt, beschäftigte ihn die Frage, wie es mit ihnen beiden weitergehen sollte. Wie lange würde er mit der Ungewissheit leben können?

»Jetzt sag doch was!«, forderte Lena ihn auf.

Er sah sie an, kam zwei Schritte näher. »Ich liebe dich, Lena«, sagte er offen. »Ich weiß nicht, wie ich damit klarkomme, wenn wir uns jeden Tag sehen, ohne dass …« Sein Blick fiel zu Boden. Nach einer Weile schaute er sie wieder an. »Ich hab dir versprochen, dass ich immer für dich da sein werde. Dazu stehe ich.«

Die Entscheidung war gefallen. Lena atmete auf. Sie bedauerte, ihm zumindest im Moment nicht geben zu können, was er sich von ihr erhoffte. Dankbar umarmte sie ihn und küsste ihn auf die Wange. Sie fühlte sich wohl bei ihm. Geborgen. Verstanden. Eines Tages, wenn die Wunden, die sie aus den Beziehungen mit Chris und Max davongetragen hatte, geheilt sein würden, würde sie fähig sein zu entscheiden, welche Möglichkeiten es zwischen ihr und Wilfried gab. Dass er ihr die Zeit gab, sprach eindeutig für ihn.

Roland war unterdessen auf dem Kamm der kleinen Erhebung angekommen, hinter der ein Stück abschüssigen Weges zur Hütte führte. Er wandte sich noch einmal zum See um. Am Ufer sah er Wilfried und Lena in ihrer Umarmung. Er fragte sich, ob dies der Beginn einer neuen Liebe war. Wenn ja, dann wünschte er den beiden Glück. Etwas an diesem Anblick, er wusste nicht was, nährte in ihm die Hoffnung, dass Birgit gesund werden und auch sie bald wieder glücklich vereint sein würden.

Lesen Sie auch unseren zweiten neuen Roman rund um die Augsburger Textildynastie

Band 11
Ein Leben für die Liebe
ISBN 3-8025-3338-0

Egmont vgs verlagsgesellschaft, Köln
www.vgs.de

Robbies neue Abenteuer

Band 2
Robbie schlägt Alarm
ISBN 3-8025-3296-1

Egmont vgs verlagsgesellschaft, Köln
www.vgs.de